30.10.24

9,50

D1678342

TROIS MOIS TOUT AU PLUS

Du même auteur

La Gloire démystifiée, Éditions Libre Expression, 2014.
Dans mes yeux à moi, Éditions Libre Expression, 2011, réédition 2017.
Passages obligés, Éditions Libre Expression, 2006.

JOSÉLITO MICHAUD

TROIS MOIS TOUT AU PLUS

Catalogage avant publication de Bibliothèque et Archives nationales du Québec et Bibliothèque et Archives Canada

Titre : Trois mois tout au plus / Josélito Michaud.
Autres titres : 3 mois tout au plus
Noms : Michaud, Josélito, 1965- auteur.
Identifiants : Canadiana 20200084054 | ISBN 9782764812129
Classification : LCC PS8626.I21166 T76 2020 | CDD C843/.6—dc23

Édition : Miléna Stojanac
Coordination éditoriale et révision : Pascale Jeanpierre
Correction : Julie Lalancette
Couverture : Marike Paradis
Mise en pages : Clémence Beaudoin
Photo de l'auteur : Krystel V. Morin

Cet ouvrage est une œuvre de fiction ; toute ressemblance avec des personnes ou des faits réels n'est que pure coïncidence.

Remerciements
Nous remercions le Conseil des Arts du Canada et la Société de développement des entreprises culturelles du Québec (SODEC) du soutien accordé à notre programme de publication.
Gouvernement du Québec – Programme de crédit d'impôt pour l'édition de livres – gestion SODEC.

Tous droits de traduction et d'adaptation réservés ; toute reproduction d'un extrait quelconque de ce livre par quelque procédé que ce soit, et notamment par photocopie ou microfilm, est strictement interdite sans l'autorisation écrite de l'éditeur.

© Productions Minh Thao, 2020
© Les Éditions Libre Expression, 2020

Les Éditions Libre Expression
Groupe Librex inc.
Une société de Québecor Média
4545, rue Frontenac
3e étage
Montréal (Québec) H2H 2R7
Tél. : 514 849-5259
libreexpression.com

Dépôt légal – Bibliothèque et Archives nationales du Québec et Bibliothèque et Archives Canada, 2020

ISBN : 978-2-7648-1212-9

Distribution au Canada
Messageries ADP
2315, rue de la Province
Longueuil (Québec) J4G 1G4
Tél. : 450 640-1234
Sans frais : 1 800 771-3022
www.messageries-adp.com

Diffusion hors Canada
Interforum
Immeuble Paryseine
3, allée de la Seine
F-94854 Ivry-sur-Seine Cedex
Tél. : 33 (0)1 49 59 10 10
www.interforum.fr

*À Panama, mon père biologique,
que j'aurais tant aimé connaître.*

Aux portes du matin

Aux premières lueurs du jour, j'étais encore ému par tant d'épanchements du cœur et par l'ébranlement causé par ce que j'avais appris la veille. J'étais sans mots, moi qui en temps normal savais les manier à ma guise.

Avant d'échouer dans ce lieu à l'abri des regards et d'y laisser ma voiture, j'avais conduit pendant des centaines de kilomètres d'une façon machinale sur une route plongée dans une nuit à peine étoilée. Seule la lune, aux trois quarts pleine, avait veillé sur moi, me protégeant des horreurs que la noirceur fait apparaître à l'improviste dans ma vie depuis que je suis tout petit.

Il m'arrivait d'étirer le jour pour que la nuit ne vienne jamais. La nuit, j'étais souvent enclin à beaucoup de peurs sans que la noirceur me berce comme elle devait bercer les autres. Moi, elle me hantait exagérément. Mais pas cette fois. Le roulement de ma voiture sur le bitume neuf et à l'itinéraire clair m'apaisait, et j'avais fait en sorte que le trajet s'effectue au plus vite.

Rendu presque à destination, au moment où ma méfiance était allée se reposer, où ma garde avait baissé, j'ai été pris d'une subite endormitoire, pesante comme une ivresse, qui ouvrait une brèche au sommeil.

Ma voiture a roulé sur la bordure de route instable après avoir traversé le terre-plein, pour finir sa course dans l'accotement de la voie ouest où un mur m'attendait. Le bruit ahurissant des pneus sur la chaussée m'a extirpé de ce sommeil éveillé.

À quelques mètres d'un impact fatal, mon pied gauche a enfoncé la pédale de frein de toutes ses forces, j'ai empoigné à deux mains le volant en y incrustant mes ongles pour que la peur s'y imprime à jamais.

Les images importantes de mon existence, les plus heureuses, me sont apparues une à une, comme si le temps était suspendu alors que l'urgence pressait de réagir.

Quand j'ai vu que mes chances de survie s'amenuisaient d'une seconde à l'autre, je me suis étonné à chuchoter sans fin « À la grâce de Dieu, à la grâce de Dieu, à la grâce de Dieu ». Je m'en remettais à quelqu'un d'autre pour la suite. Brusquement, j'ai réussi à immobiliser la voiture, évitant de justesse la collision avec le mur. C'était de l'ordre du miracle. Ma foi est revenue intacte et aussi vite qu'elle avait disparu vingt ans plus tôt.

Je n'allais tout de même pas mourir avant d'être mort.

J'ai retrouvé un semblant de contenance malgré mon angoisse. Je suis sorti de la voiture, les jambes molles, pour mesurer l'étendue des dommages et reprendre mes esprits. Une odeur de pneus surchauffés flottait, désagréable.

Quant à mon système nerveux, c'était une autre histoire, il en avait reçu plein la gueule. Alors, j'ai pris de grandes respirations, une bonne vingtaine, en laissant s'échapper mon émotion. J'ai pleuré de joie. Une explosion de joie.

Pour l'heure qu'il me restait à faire, je me suis versé de mon thermos un café bien fort, sans lait ni sucre. J'ai gardé les yeux grands ouverts en fixant la route exagérément, en agrippant le volant de mes mains nerveuses. Les vitres étaient toutes baissées pour que l'air frais me caresse le visage et me garde en vie. La chanson *Fix You* de Coldplay roulait en boucle, je voulais que les paroles s'impriment dans mon âme.

J'avais monté le son presque à son maximum dans l'habitacle. Les douze enceintes, dissimulées dans des recoins stratégiques, me permettaient de savourer les moindres inflexions de la voix de Chris Martin.

Une forme d'envoûtement s'était emparée de moi. J'en venais presque à oublier ce que je devais accomplir. Je me suis mis à chanter à tue-tête gauchement pour que la frousse déguerpisse.

En approchant du stationnement, qu'on m'avait décrit sans préciser qu'il était si lugubre, j'ai regardé alentour pour repérer ce qui pouvait se produire. Il m'arrive souvent, voire toujours, de faire un survol de l'endroit où je me trouve pour évacuer de ma tête toutes sortes de menaces. Même celles qui n'y sont pas, qui n'y seront peut-être jamais. Sûrement les reliquats de mon enfance instable.

Vivre continuellement avec cette réalité maudite m'a occasionné bien des maux. Des maux parfois difficiles à endurer. Vivre en état d'alerte constant et paré à tout combat exigeait beaucoup d'énergie à chaque instant. Un gaspillage qui se révèle quand vient le temps du combat réel. J'ai passé ma vie avec un certain déficit d'énergie. Aujourd'hui, je ne crois pas pouvoir le rattraper. Je m'efforce de vivre en permanence en mode manque à gagner.

L'obscurité s'estompait quand j'ai garé ma voiture en poussant des soupirs de soulagement. J'y étais enfin. Le cœur serré, submergé par la peur de l'inconnu et par une peine innommable. J'étais encore sous le choc.

Mon ventre me faisait mal. Malgré cela, j'étais heureux, quoiqu'un peu perdu, perdu dans l'immensité de cette ville qui en impose chaque fois qu'on la voit.

Rien n'allait m'empêcher de me rendre jusqu'à lui. Depuis le temps que j'en rêvais. Son sang coulait dans mes veines.

J'ai branché l'automobile à la seule borne électrique disponible dans cet espace qui ne payait pas de mine et qui ne semblait pas être très sécuritaire. Il était muni d'une seule caméra de surveillance, visiblement amochée. À vue de nez, j'étais à une demi-heure de Midtown.

J'avais suivi à la lettre les consignes d'un ami précieux qui était passé par là quelques semaines auparavant. Je me suis toujours efforcé de faire les choses convenablement, de crainte de me faire gronder. Ici aussi, je m'étais appliqué.

Mon ami était loin de se douter de ce que je vivais. Je m'étais fait taiseux. Trop, sans doute. Je n'ai informé personne de cette nouvelle que j'avais apprise de la bouche d'un homme surmené. Il m'avait anéanti par la lourdeur de ses mots mal choisis qu'il m'avait garrochés en pleine face sans se soucier de leur impact quand mon cerveau en décoderait le sens. Le sens véritable.

Quand j'avais fini par les comprendre, j'avais éprouvé l'étrange sensation d'un vide très profond. Pour le combler, du moins en surface et sans l'aide de personne, j'avais décidé de fuir, tout simplement, aussi loin qu'il m'était possible de le faire, pour que l'ombre m'envahisse et m'engourdisse, pour que le manteau de la célébrité me tombe des épaules. Il fallait me rendre jusqu'à cet endroit qui faisait de moi un anonyme parmi des millions d'autres. Il fallait que je puisse jouir de ce nouveau statut.

En me taisant, en me terrant dans cette ville énorme, impersonnelle, souvent impitoyable, j'évitais de devoir m'expliquer et susciter toute forme de pitié ou d'épanchements démesurés venant d'autrui.

Je devais me soucier de moi avant de rassurer qui que ce soit. Je voulais la paix. La sainte paix, comme disait ma mère.

Les grands moyens

J'avais acheté un nouveau téléphone, après avoir jeté l'autre dans le fleuve dans un emportement d'exaspération, de découragement et de confusion juste avant de quitter Montréal, alors que la nuit venait de tomber. Je l'avais vu frapper la surface de l'eau en espérant qu'il ferait le plus grand nombre de ricochets, comme quand j'étais gosse et que je lançais des roches avec les mêmes espoirs. Mon téléphone a disparu, signe que c'était bien la fin. Toute ma vie s'était évanouie au fond de l'eau. Mais j'avais tout de même conservé mon service de messagerie vocale.

Il y avait quelque chose en moi qui se contentait d'avoir fait ça, même si la force de ma colère m'avait étonné et un peu déstabilisé. Je ne me reconnaissais pas, mais je savais au plus profond que je ne voulais pas que quiconque puisse me rejoindre et m'importuner. L'idée de délimiter de nouveaux paramètres dans ma vie, en évitant toute contamination, toute forme d'abus, me procurait un plaisir inattendu et inhabituel, frôlant l'euphorie.

Elle me conférait de nouveaux pouvoirs sur ce qui restait de ma vie. Du moins, j'en avais le pressentiment.

Mais qui allait vraiment se préoccuper de ma disparition volontaire ? J'ai longtemps cru que ma présence importait aux autres seulement si elle leur servait à quelque chose. Mon absence n'allait certainement pas les déranger. Seuls les plus intimes, qui avaient fait preuve d'amour et d'amitié, seraient plongés dans l'inquiétude. Je leur donnerais signe de vie si le besoin finissait par s'exprimer un de ces quatre. Pour l'instant, il était bien peu bavard.

Sur les traces de mon père

C'était un de ces jours à la chaleur accablante. Trop accablante pour un été à peine entamé. Juin réserve parfois des étonnements.

J'étais enfin arrivé à New York, après une nuit de route pour le moins étrange. Les soubresauts de la voiture durant le trajet me causaient encore des tressaillements résiduels.

Ma tête était archipleine de souvenirs d'une vie qu'on m'annonçait arrivée à son terme. Dans le rétroviseur, j'avais vu que les traits de mon visage étaient marqués par les excès des dernières heures, par une inquiétude grandissante et par l'absence de sommeil. Ces heures manquantes s'étaient égarées dans le tumulte des derniers jours.

Des gouttelettes de sueur s'échappaient de mon abondante chevelure ébouriffée, tant l'humidité était lourde. Elles se frayaient un chemin sur ma peau, pour s'échouer sur mes lèvres desséchées par le soleil. Cette température étouffante rendait mon périple plus ardu, mais ma volonté était sans réserve maintenant que mon temps était compté.

J'étais parti vers lui avec peu d'information, rien que son nom me servant de boussole. Je naviguais à vue sur des eaux troubles vers l'homme que ma mère m'avait révélé sans le savoir. Ne connaissant que l'ébauche de sa vie, une vie faite de mystères, j'en ai découvert de plus en plus au fur et à mesure que j'avançais. Ma mère l'avait gardée pour elle presque toute son existence. Leur histoire d'amour était scellée quelque part dans son cœur et dans sa mémoire, là où personne n'avait accès, y compris elle, désormais. Difficile de tout savoir quand elle-même ne savait plus.

Ce matin-là, j'avais tout juste traversé la frontière américaine que le temps s'annonçait lourd et inquiétant. Un soleil tenace cherchait à dissiper les nuages à coups de rayons puissants. Une mission stérile. La menace d'un orage violent faisait craindre le pire.

Comme quoi tout peut changer en un claquement de doigts. En une fraction de seconde. Il vaut mieux le savoir pour traverser la vie, pour mieux conjuguer avec elle et conjurer ainsi le sort. J'en étais presque convaincu maintenant que la cinquantaine m'avait violemment heurté, quelques heures plus tôt.

L'idée d'entrer seul au volant dans le ventre de cette ville à la réputation sulfureuse me mettait en état d'alerte élevé. J'ai préféré me laisser conduire pour calmer mon affolement.

Je ressentais une fiévreuse appétence de solennel et de décorum. C'était ma façon d'honorer cette toute première rencontre avec mon père.

Sur le bord d'une petite rue attenante au stationnement, parapluie replié à la main, prêt à toute éventualité, j'ai attendu de longues minutes, la peur au ventre, avant de héler un taxi avec une appréhension très désagréable. Ce moment tant attendu était à portée de main.

Le chauffeur de la voiture jaune dans laquelle je me suis engouffré avec inélégance m'a laissé peu de temps pour que je m'assoie et lui indique l'adresse avant de repartir, fendant la ville effrontément.

De fortes odeurs d'épices, mélangées à la sueur qui émanait de son corps et du mien, m'ont presque empêché de respirer. J'avais le cœur au bord des lèvres.

Le chauffeur se fichait totalement de mes états d'âme et des intempéries à venir. Il avançait sans jeter le moindre coup d'œil en ma direction dans son rétroviseur déglingué. Il connaissait ma destination. Point final. Aucune envie chez lui d'amorcer une conversation. Chez moi non plus.

Pour m'extirper de cette ambiance tendue, j'ai fredonné *Et maintenant*, de Gilbert Bécaud, la chanson préférée de ma mère. J'ai senti son agacement, je me suis tu. Je profitais des paysages qui se succédaient en laissant mon regard s'y perdre ici et là. L'enchantement m'envahissait et la crainte se dissipait peu à peu.

Après une heure, ayant zigzagué dans des petites rues étroites pour éviter d'entrer dans la circulation dense des grandes artères, nous sommes arrivés à bon port.

Le véhicule s'est immobilisé d'un coup sec devant les hautes portes en fer forgé aux dorures imposantes. J'ai eu à peine le temps de régler ma course que le taxi est reparti en trombe, avalé dans la brume d'un matin trop pollué.

Un sourire prenant forme sur mon visage crispé, j'ai touché chacune des lettres dorées du portail pour croire au réel du lieu. L'horaire d'ouverture m'indiquait que j'étais arrivé beaucoup trop tôt.

J'avais la démarche titubante et le cœur à l'envers. Des malaises liés en partie à la façon brusque que le chauffeur de taxi avait eue de manœuvrer sa machine, visiblement sur ses derniers milles. Tout comme moi.

À travers le grillage, j'ai constaté l'ampleur du cimetière où mon père avait élu domicile. J'ai attendu deux bonnes heures, en ménageant mon impatience, avant que les immenses portes s'ouvrent.

La matinée était déjà bien entamée quand j'ai pénétré timidement dans ce cimetière où tout était soigneusement aligné, avec des pierres tombales monumentales, fastueusement ornées de fleurs fraîches.

Je me trouvais à présent dans un autre monde. Un monde de démesure, où l'on exhibait sa fortune de manière ostentatoire. J'en appréciais l'exubérance, elle m'amusait plus qu'elle ne m'impressionnait.

J'étais tout près de lui, éberlué tant par ce que je venais de vivre que par ce que je m'apprêtais à vivre. Pour me ramener dans la réalité, j'ai pris mon plan des lieux, reçu des mains généreuses d'un gardien. Je l'ai déplié dans toute sa longueur et j'ai trouvé ce que je cherchais, la tombe de mon père.

Sous une chaleur ardente et moite, le souffle court, je regardais dans toutes les directions. J'ai ouvert mon parapluie vigoureusement, un peu pour reprendre mon équilibre, pour stabiliser les haut-le-cœur.

L'odeur de la pollution était intense et soutenue. Ce qui rendait ma respiration inégale. Le bruit incessant des voitures et leurs klaxonnements se faisaient entendre de loin. Cela m'étourdissait.

Dans cette cacophonie, le silence qui aurait dû régner dans ce lieu sacré essayait de s'imposer. D'en imposer. Pas certain que les défunts reposaient en paix.

New York a sa façon bien à elle de s'exprimer nuit et jour. Elle est majestueuse dans sa manière de montrer une suprématie capitaliste : en l'affichant avec une évidence désarmante et décomplexée. Cette ville s'est tenue bravement quand des avions kamikazes ont tenté de la détruire. Quand une partie d'elle s'écroule, elle se relève avec une volonté de fer, telle qu'on oublie que quelqu'un a jadis osé la défier. Elle exige énormément des gens qui y habitent. Dire que mon père faisait partie de ces gens-là. Il y est enterré. Six pieds sous terre depuis quelques années déjà.

On pouvait apercevoir quelque chose qui se dessinait dans un ciel de moins en moins bleu, de plus en plus gris. Semblable à la vie que j'avais tenté de vivre jusque-là. Survivre a été mon *modus operandi* d'aussi loin que je me souvienne.

Mon enfance s'est perdue en chemin quand j'ai été catapulté dans le monde des adultes par la force des événements. Je ne suis jamais revenu. La puissance des déracinements, nombreux et terrifiants, qui avaient jalonné mon parcours d'enfant m'y avait contraint. Malgré mes multiples tentatives, l'attachement était pour moi exigeant et parfois laborieux. À quoi bon se lier si tout peut se défaire à tout moment ? Mes liens ont toujours été aussi ténus que la vie elle-même.

Ça commençait à gémir fort là-haut. Les éclairs déchiraient le ciel, j'avais l'impression qu'ils n'étaient qu'à quelques mètres de moi. Soudain, le grondement du tonnerre m'a explosé en plein visage, un seul coup, essayant de m'effrayer. De m'affoler.

Étrangement, la peur n'y était plus. Elle s'était enfuie au moment où j'avais appris la nouvelle. Incapable de faire face à l'inévitable, elle s'était évanouie dans la nature, m'abandonnant à moi-même. Pourtant, elle avait cohabité avec moi depuis l'enfance. On se connaissait bien. Trop, peut-être. C'était une délivrance de la voir prendre la poudre d'escampette de la sorte, mais aussi un étonnement que notre séparation se fasse de cette manière. Tout est dans la manière.

La peur ne m'avait protégé de rien, certainement pas du pire. Pourtant, elle m'avait donné l'impression du contraire en s'invitant chez moi de façon insidieuse chaque fois qu'elle en avait envie. Je peux maintenant vivre sans elle. Qu'elle aille se faire voir ailleurs.

Seul le courage avait tenu bon. Il m'a aidé à encaisser le choc de la nouvelle du médecin pressé et un peu insensible, des phrases qui ne laissaient aucune place à l'interprétation. Le verdict avait été sans équivoque.

Le jour avançait. Le ciel s'était apaisé, plus ou moins. Il changeait d'humeur au gré du vent. J'ai replié mon parapluie et repris mon chemin comme un valeureux soldat en mission. Mes pas assurés résonnaient sur le chemin de gravier fraîchement nettoyé. Un à un, ils allaient me mener jusqu'à lui, sans que je sache comment je réagirais au moment de nos retrouvailles. Les branches des saules pleureurs qui ornaient le parcours commençaient à battre au vent.

La nature manifeste ses droits malgré ce que l'humain peut en exiger. Elle conférait soudain à mon périple une dimension presque spirituelle.

Pris d'une sensation étrange de déjà-vu, j'ai brusquement cessé d'avancer. Je me suis mis à observer le lieu avec une attention particulière et une insistance inhabituelle, tentant d'en reconnaître les contours d'un souvenir quelconque. J'étais figé.

Quand j'ai levé la tête, pour reprendre mes esprits une énième fois et en cherchant à retrouver une cadence régulière à ma respiration, j'ai constaté que ma vue était occultée en grande partie par ces gratte-ciel absurdement hauts, imposants par leur taille et leur forme, qui transperçaient l'horizon et dominaient la cité. Ce qui lui donnait fière allure et me causait le vertige. J'étais bien petit parmi ces monstres architecturaux qui se dressaient autour de moi. Malgré cela, il fallait essayer de prendre de la grandeur dans cette ville qui tente d'écraser le faible.

J'ai toujours pensé que je l'étais, faible, c'est ce qu'on s'est évertué à me faire croire et que j'ai fini par croire, au gré du martèlement.

Une émotion démesurée, anormale et inattendue s'est emparée de tout mon être comme un volcan qui veut cracher sa lave, trop longtemps retenue dans ses entrailles. Malgré ma tentative de réduire la portée de cette éruption et d'en freiner les chamboulements, j'ai vite compris que ma manœuvre allait échouer. S'échouer sur les rives de ma vie.

C'est ça qui est étrange avec les émotions : on pense que, si on les repousse le plus loin possible, elles finiront par disparaître. C'est mal les connaître.

M'avouer que je n'y pouvais rien aiguisait ma peine, rendait ma colère bien vivante et mon urgence de vivre, impérieuse. Mes regrets se manifestaient un à un et mes remords me harcelaient. Ils prenaient forme dans mon esprit en dépit de mon acharnement à vouloir les chasser, l'un après l'autre, sans attachement. Ils étaient particulièrement nombreux à se bousculer dans ma tête.

Un déluge de larmes a déferlé. J'étais inconsolable. Je n'avais pas pris le temps de pleurer et d'affronter ma désolation depuis que je savais que mes jours étaient comptés. J'avais éloigné ce moment délibérément, par déni et pour survivre, parce que j'en connaissais l'issue.

Les nausées étaient toujours présentes, la chaleur n'aidait en rien. En revanche, mes maux de ventre s'étaient un peu atténués depuis quelques heures.

Ici, dans ce lieu sacré, les pleurs étaient permis. Mais je me suis dit que je devais tout de même reprendre contenance devant les passants au cas où quelqu'un me reconnaîtrait. Un réflexe normal quand on a été longtemps dans l'œil du public et souvent épié du regard.

Le point de fuite que cette vue m'offrait était particulièrement saisissant de symbolisme. Je suis resté béat d'admiration. Cette idée d'échappatoire me rassurait. Juste un peu. Suffisamment pour continuer ma route jusqu'à lui. Il fallait poursuivre, sans trop réfléchir, parce que j'y étais presque. Presque arrivé. Le plan que j'avais en ma possession était assez conforme à la réalité.

J'étouffais sous une chaleur qui avait commencé à faire des dégâts. Mes lunettes ne cessaient de s'embuer. La sueur perlait abondamment sur mon visage. On pouvait imaginer la température qui régnerait dans quelques heures si les averses ne venaient pas nous rafraîchir.

Depuis que le médecin m'avait annoncé son verdict, les heures s'égrenaient à une vitesse affolante ; j'étais plus conscient du temps qui passait et qui pouvait s'arrêter à tout moment. Je contemplais chaque chose avec appétit et gourmandise, comme jamais je n'aurais osé le faire avant. Par pudeur ou par manque de légitimité. Je commençais à y prendre goût. Toutes ces années, je n'avais jamais croqué la vie jusque dans son cœur.

Le vent gagnait en vitesse. C'était presque inespéré. J'avançais pour ne jamais m'arrêter. Il m'aura fallu cinquante ans pour me rendre jusqu'à mon père. Là, je vivais d'interminables minutes à déambuler comme un funambule sur la corde raide dans ce cimetière qui s'étendait sur des hectares, un plan à la main pour m'y retrouver. Pour le retrouver.

Sur mon passage, des hommes et des femmes s'affairaient à rendre l'endroit impeccable, faisant preuve d'une minutie frôlant l'obsession. Tout était droit. Rien ne dépassait, comme ma mère biologique l'avait tant souhaité de moi. Avec elle, j'étais dans l'obligation de me tenir droit. Bien droit pour ne pas lui déplaire. Je savais que je pouvais la décevoir à l'occasion.

Ce cimetière était d'une élégante propreté, digne des jardins du château de Versailles. Quelle vie mon père avait-il vécue pour s'offrir tant de luxe même dans la mort ? Moi qui ne savais rien de lui, j'allais tout faire pour rattacher les bouts manquants de mon histoire, de notre histoire, malgré le temps qui nous séparait, et le peu de temps qu'il me restait. Malgré le fait qu'il ne soit plus là.

J'ai repris mon souffle. J'ai eu peur de me dégonfler tant la nervosité m'avait gagné. J'avais tout simplement oublié de manger. Cela faisait des semaines que j'étais incapable d'avaler quoi que ce soit – ou si peu – à cause de ces douleurs au ventre. Tous mes systèmes défaillaient.

J'ai pris une poignée de noix de cajou, quelques raisins secs que j'avais enfouis au fond de mon sac à dos, et j'ai descendu une autre bouteille d'eau.

J'ai pressé le pas. Au moment où j'ai compris que j'atteignais ce qu'il restait de lui, je me suis arrêté subitement. Intrigué par ce que je pourrais découvrir, ému par ces retrouvailles que j'avais idéalisées, comme j'avais tendance à le faire.

Mon regard s'est alors attardé sur une femme dans la quarantaine, longiligne. Tout de noir vêtue. Un chapeau à voilette couvrait une partie de son visage. La finesse de ses traits laissait entrevoir une grande beauté. D'une élégance rare, elle s'est agenouillée devant la pierre tombale avec une grâce toute bourgeoise qui contrastait avec le style de ma mère, venue d'un milieu dépouillé fait de grandes misères et de petits désirs.

Elle a fait un signe de croix en poussant un long soupir. Puis elle s'est mise à pleurer doucement. À pleurer une peine toujours vive, inconsolable. Je me suis vite caché derrière un saule, saisi d'entrer dans l'intimité de mon père de la sorte. Qui était-elle ? Sa femme ? Sa maîtresse ? Sa fille ?

Je me suis mis à l'observer davantage. Imaginer le lien qu'elle avait entretenu avec lui ou l'amour qui avait pu les unir ou les désunir me rendait l'expérience intrigante, aiguisant la curiosité que j'avais délaissée ces derniers temps, faute d'élan vital.

Mon cœur s'enflammait lentement et j'aimais cette sensation, je me sentais d'un coup plus vivant. J'ai laissé cette inconnue seule dans son deuil, évitant ainsi d'être pris en flagrant délit.

De mon poste d'observation, j'ai vu une autre femme, plus âgée, apparaître dans ce paysage bucolique. Elle s'est approchée péniblement de la pierre tombale, soutenue par un homme vêtu d'un uniforme de fonction. Son chauffeur ? Les deux femmes devaient se connaître puisque les accolades ont fusé. Leurs embrassades enveloppaient une profonde tristesse. Elles étaient bouleversées.

La plus âgée s'est laissée tomber sur la pelouse. Affolés, les deux autres ont voulu l'empêcher de se blesser. Elle les a repoussés avec une force étonnante. L'emportement guidait ses gestes. C'est elle qui décidait et imposait la marche à suivre. Ses compagnons se sont mis un peu en retrait.

La vieille femme a commencé à frapper le sol de toutes ses forces, jusqu'à l'épuisement. Elle semblait en vouloir à celui qui reposait sous terre plus qu'à la vie.

Des mots se sont fait entendre, entrecoupés de pleurs. « *My love, why did you leave me alone ? Why you didn't tell me that your heart was sick ? You were fragile and I thought you were strong. I hate you. You hid the truth from me. I can't live without you. I'm coming soon to be with you. I promise.* »

Quand j'ai entendu ces mots, je me suis senti interpellé. Tout comme lui l'avait fait, je cachais la vérité sur mon état de santé à ceux que j'aimais. J'avais donc quelque chose de lui. Il avait quelque chose de moi. Sans aucun doute, c'était mon père. J'étais son fils.

L'idée de tout dire à mes proches a alors germé en moi. En assistant à cette scène où la peine d'inconnus s'exprimait sous mes yeux, j'étais en mesure de constater l'impact d'un tel secret quand il se révélerait, tôt ou tard. Il valait peut-être mieux rentrer chez moi et tout avouer. Mais avant, j'avais besoin d'aller au bout de mes recherches. De découvrir quelle vie mon père avait menée auprès de ces femmes, loin de ma mère, pour qu'elles pleurent autant sa mort.

Les rayons de soleil restants ont fait place à une pluie fine jusqu'au moment où le vent s'est mis à tourbillonner et où les gouttelettes sont devenues plus lourdes, plus abondantes.

Sous un coup de vent, la dame plus âgée a perdu son chapeau et le voile qui l'ornait. J'ai découvert un visage dévasté par le chagrin. Elle n'a pas tenté de les retenir, ils se sont envolés tels des cerfs-volants. La jeune femme et l'homme se sont rués pour les récupérer. La vieille dame s'est relevée laborieusement. Elle a séché ses larmes d'une main tremblante avec un mouchoir.

Une grosse pluie s'est alors abattue sur nous tandis qu'au loin le ciel se dégageait peu à peu. La force de l'averse ne semblait pas l'importuner.

Elle a tendu ses mains vers le ciel moutonné en laissant un cri tonitruant s'échapper de son corps comme une délivrance. Les deux autres se sont arrêtés, stupéfaits et impressionnés. La jeune femme s'est précipitée sur la plus âgée en criant : « Mama ! Mama ! » C'était sa mère. La femme de mon père.

Nos destins s'étaient enfin croisés. Assommé par cette découverte, je suis resté là à contempler une agitation teintée d'un grand amour. Dans mon esprit, j'essayais tout bonnement de coller des morceaux pour me fabriquer une histoire et comprendre celle de mon père, sans moi.

Pendant ce temps, l'homme s'est évertué à rattraper le chapeau qui continuait sa course effrénée vers le chemin en gravier. Entre deux bourrasques, il a heurté un arbre avant de chuter sur des fleurs fraîchement déposées. L'homme l'a saisi et l'a rapporté.

La vieille dame a remis son chapeau sur sa chevelure épaisse d'un gris argenté, reprenant ainsi sa dignité, comme savent le faire les bourgeois de ce monde en pareilles circonstances. Elle a ravalé ses sanglots. Elle s'est dirigée vers la sortie, escortée par l'homme, d'un pas un peu chancelant comme si la tristesse était encore trop lourde à porter. Pendant ce temps, la jeune femme s'est approchée de nouveau de la tombe, elle s'est agenouillée pour faire un dernier signe de croix.

Je suis resté à une distance suffisamment grande pour laisser libre cours à mon imaginaire, comme je le faisais souvent quand le vacarme causé par la folie humaine me faisait craindre le pire. M'évader ainsi de la réalité nourrissait mon autre monde, celui que j'avais inventé. C'est de cette manière que j'avais réussi à surmonter l'impensable, mais j'avais aussi le sentiment que la douleur, elle, ne me quitterait jamais, peu importe où j'irais. Je l'ai encore à l'intérieur de moi, après toutes ces années.

Puis l'incertitude s'est emparée de moi. Et si je n'étais pas au bon endroit ? Comme le soleil était revenu et que ses reflets m'indisposaient, je ne parvenais pas à lire ce qui était gravé sur la pierre tombale. Je ne pouvais confirmer qu'il s'agissait bien de celle de mon père. Par enchantement, un cumulus est venu dissiper le doute. J'avais bien lu. Mon père était à quelques mètres de moi.

Il me paraissait impossible de m'approcher de lui parce que la jeune femme était encore là. La retenue m'empêchait de le faire spontanément, et pourtant mon silence était sur le point de céder. Les mots voulaient s'échapper de moi une fois pour toutes, pour ne plus y vivre.

J'avais envie de connaître sa vie sans moi, que cette inconnue me parle de son père, de mon père, sans vergogne.

Pour éviter de me mettre dans le pétrin, j'ai repris le pas en attendant qu'elle s'en aille, mon chapelet en main, récitant une prière pour égrener les minutes qui me paraissaient si longues. Un objet que ma mère biologique m'avait rapporté de l'une de ses missions en Afrique alors qu'elle était religieuse, quand elle cherchait à expier ses péchés, dont celui de m'avoir donné la vie dans des conditions inadmissibles, inappropriées et inconcevables pour l'époque.

J'étais lié à ce chapelet. Un des restes de notre filiation.

La désobéissance de ma mère

Ma mère avait désobéi aux ordres, en les quittant, après avoir passé une grande partie de sa vie – une quinzaine d'années – à servir son Dieu. La faute était omniprésente chez elle malgré la litanie des *Je vous salue Marie* qu'elle récitait au réveil et au coucher, parfois même la nuit quand l'insomnie la gagnait.

La culpabilité était dans ses entrailles, là où elle m'avait porté. Rien à faire pour la déloger.

Même si elle ne mettait plus l'habit de religieuse, ce vêtement l'avait marquée de son identité conservatrice. Son port répété sur une si longue durée témoignait d'une résistance aux changements. Il restait encore en elle l'empreinte d'un temps non révolu où ses habitudes d'obéissance et de soumission étaient bien installées et coupaient court aux effluves de tendresse qui auraient pu lui venir. Elle en était incapable. Je l'aimais pareil parce que, moi, j'en étais capable.

L'oubli

Pendant les années où elle était encore toute là, depuis que nous nous étions retrouvés, dix-huit ans après qu'elle m'avait confié à la crèche, elle était peu loquace sur les circonstances entourant ma conception et sur les raisons véritables de mon abandon.

Chaque fois que je tentais d'en savoir plus, ma mère ne m'en dévoilait que quelques bribes à l'arraché, à force d'insistance et après des chamailles devenues trop intenses, jusqu'au jour où la maladie de l'oubli a commencé à faire son office. Le constat a été terrible pour moi, mais pas aussi terrible que cette maladie. Impuissant, j'ai assisté à la transformation de cette femme que j'avais appris à aimer malgré le fait qu'elle m'avait abandonné. Quand elle a compris l'irréversibilité du drame qui se jouait dans sa tête, elle s'est recroquevillée sur elle-même, désirant ainsi que personne ne lui vole ses souvenirs, mais il était déjà trop tard. Quelques-uns lui avaient été dérobés dès l'apparition des premiers symptômes.

J'avais constaté qu'Éva n'était plus tout à fait la même quelques années avant qu'elle l'apprenne de la bouche de son médecin, lorsque son entourage s'était mis à insister pour qu'elle regarde la réalité en face. Je savais qu'un jour j'allais perdre ma mère, qu'elle allait m'abandonner une dernière fois, et j'en étais dévasté. Je me suis accroché néanmoins à tout ce qu'elle pourrait encore m'offrir même si ses souvenirs récents s'effaçaient, lentement d'abord, puis plus rapidement. À peine vécus, aussitôt oubliés. Ceux d'un passé plus lointain, la maladie ne s'était pas rendue jusqu'à eux. Ils étaient toujours précis. À l'abri, pour quelque temps encore. J'ai profité de ses présences évanescentes jusqu'aux derniers signes de lucidité, jusqu'au jour où elle m'a demandé qui j'étais.

La visite

Une journée qui ressemblait aux autres, quelques semaines avant que j'apprenne la vérité sur mon sort, je suis entré tout doucement dans une chambre d'un jaune incertain, alignée parmi une dizaine d'autres sur l'étage. On m'avait prévenu qu'Éva ne pouvait plus supporter le bruit. Le bruit de ceux qui sont brusques et qui arrivent sans prévenir. Le bruit de ceux qu'elle avait écoutés pendant si longtemps.

Les rideaux étaient fermés. Rideaux qu'elle avait fabriqués avec des restants de tissu, pour éviter la lumière aveuglante du matin. Ses yeux n'étaient plus comme avant.

Elle avait entassé sur sa petite table d'appoint, à la peinture d'un mauve délavé, un cheval en bois m'ayant appartenu, aux détails écaillés et au mécanisme déficient, une panoplie de chapelets provenant de ses nombreux voyages, dont un qui avait été béni par le pape Jean-Paul II, et une tasse de thé au jasmin, encore fumant.

Sur sa commode, qui avait traversé une grande partie de sa vie avec elle, elle avait posé quelques portraits, dont le mien, qui dominait mais qu'elle retournait quand les gens se faisaient curieux.

Sur son lit étroit, elle avait déposé soigneusement une courtepointe aux multiples couleurs, qu'elle avait confectionnée de ses mains. Des mains usées par le labeur quotidien et les obligations martelées.

Ses mains habiles et endurantes s'étaient jadis réfugiées souvent dans la couture pour en extraire la beauté dans la laideur de ce qu'elle vivait. Le rythme répétitif de la machine à coudre créait du mouvement et imposait une forme de cadence à sa vie de misérable. Ses pieds pouvaient accélérer ou ralentir à sa guise le mouvement des pédales. Ce geste lui procurait l'illusion qu'elle décidait de quelque chose, qu'elle détenait un certain contrôle sur les conséquences de ses gestes et peut-être sur ce qui l'entourait.

Je me suis approché d'elle. Tout doucement. Je ne voulais pas la brusquer. Elle venait de franchir le cap des soixante-sept ans, alors qu'on lui en aurait donné dix de plus.

Ce n'était plus ma mère. Je n'étais plus son fils. On ne se reconnaissait plus. Son regard était ailleurs. Nous étions perdus dans le même décor.

Je savais qu'elle ne me reconnaîtrait pas. Je le savais depuis longtemps. Mais j'espérais au fond de moi qu'elle y parviendrait tout de même un peu pour mesurer l'importance que j'avais eue à ses yeux. Elle m'a regardé à la dérobée, elle ne savait plus du tout qui j'étais depuis plusieurs mois déjà, à mon grand étonnement et malgré la fréquence augmentée de mes visites.

Depuis que nous nous étions rapprochés l'un de l'autre, une trentaine d'années plus tôt, au moment où j'avais su qu'elle était ma mère biologique, j'avais entrepris de mieux la connaître et de mieux la comprendre pour lui soustraire une partie de la culpabilité qui l'avait tant dévorée. Le fait de m'avoir abandonné aux mains de personnes malveillantes, sans le savoir, l'avait rendue coupable à vie malgré le pardon que je lui offrais à répétition.

En m'asseyant devant elle, j'ai fait un constat immédiat et brutal. En l'espace d'un mois, la maladie avait fait son œuvre sur son corps. Son dos s'était davantage courbé. Les rides s'étaient multipliées. Ses cheveux avaient blanchi. La coquetterie ne l'avait pas fuie pour autant. Sa bonté était restée entière. Ses yeux bruns étaient encore aussi beaux et vifs même s'ils s'égaraient par moments.

Assise dans une chaise berçante sans personnalité, emmitouflée dans une couverture au lainage fin, elle était perdue, confuse mais sereine. Elle ne semblait pas souffrir. Elle a eu un élan de tendresse, elle qui s'était tant retenue et qui n'avait jamais vraiment osé en manifester.

Elle m'a tendu ses mains tremblotantes. Je les ai saisies. Je les ai enveloppées dans les miennes. Elle s'est laissé guider sans m'abandonner du regard. Elle l'a même soutenu. Pour une rare fois. Mes gestes étaient timides et maladroits, tout comme les siens. Ses yeux témoignaient de tous les efforts du monde qu'elle faisait pour tenter de savoir qui je pouvais bien être, sans que la méfiance s'empare d'elle. Mais sa vision commençait à faire des siennes. Elle s'était détériorée ces derniers temps. Cependant, rien ne transparaissait de cette nouvelle réalité. Ses repères spatiaux demeuraient infaillibles et impressionnants. Elle pouvait encore dissimuler la maladie.

Pendant un long moment, aucun son n'est sorti de sa bouche. Puis quelques mots épars échappés ici et là dans cette pièce devenue trop petite pour nous deux. J'étais incapable de la voir ainsi, diminuée de la sorte. Je l'aimais. J'avais appris à l'aimer.

De façon inattendue, ses doigts effilés se sont mis à parcourir mon visage à la recherche peut-être de quelque chose de familier. Ses yeux se sont fermés. Ses mains se sont ouvertes, complètement, malgré quelques raideurs, pour couvrir l'entièreté de mon visage. Avec douceur. Elle semblait fascinée par ce qu'elle découvrait. Quelque chose l'intriguait. Mes larmes ont coulé entre ses doigts qui tentaient de se rendre jusqu'à mes yeux. Étrangement, il y avait quelque chose de plus détendu chez elle. Les souvenirs de cette tension permanente semblaient aussi s'être effacés de sa mémoire faiblissante. Une sorte de légèreté se lisait dans l'exécution de ses mouvements.

C'était doux comme sensation. Ses mains étaient chaudes, chaleureuses et réconfortantes. Je les laissais faire. Elles avaient ma bénédiction. Cela me faisait le plus grand bien de les retrouver juste pour moi, sans restriction.

Comme si ma mère venait de se rendre compte qu'elle avait fait quelque chose de grave, ses mains sont soudain retournées dans les poches de son tablier, qu'elle portait toujours alors qu'elle ne cuisinait plus. Elles avaient toujours été prêtes à servir. À faire quelque chose pour justifier sa présence. Malgré les souvenirs en moins, les habitudes s'étaient bien ancrées en elle.

Le roulement des billes de sa chaise est venu marquer le temps. Le temps d'une pause.

De longues minutes plus tard, dans un élan de confiance, en fixant la tapisserie aux motifs désuets et d'un seul souffle, sans doute de peur que je l'interrompe, ma mère s'est mise à me raconter tout bonnement, avec une grande précision, la belle histoire passionnelle qu'elle avait entretenue à distance avec un homme marié. Elle est allée jusqu'à m'avouer qu'un enfant était né de cet amour interdit, qu'elle avait dû se cacher du regard intrusif des siens pour se rendre au terme de cette grossesse et renoncer à son rôle de mère dès la naissance du bébé.

Elle m'a confessé qu'elle avait vécu des moments de pur bonheur au cours de ces quelques mois de fréquentations en catimini, avant que son amant retourne dans les bras de sa femme aux États-Unis. À l'abri du regard des autres et sans l'approbation des siens.

Elle a avoué qu'ils avaient maintenu pendant des années une relation épistolaire, même s'il était marié à cette autre femme ; même jusque très peu de temps avant sa mort, ai-je appris beaucoup plus tard de la bouche de quelqu'un d'autre. Quelqu'un qui avait conservé leur correspondance pour elle. J'allais découvrir plus tard le gardien de ces trésors.

J'apprenais au fil de son récit qu'il s'agissait bien de mon histoire et de celle de mon père. Mon père véritable. J'étais ému. Les confidences se multipliaient dans la douceur et avec une fluidité surprenante malgré le débit incertain de ma mère.

Elle savait que leur union illicite était vouée à l'échec, mais elle voulait la vivre, quitte à n'en avoir que des grenailles. Elle s'accrochait aux mots écrits de la main de mon père comme la misère sur le pauvre monde. Il lui arrivait de humer le papier à lettres sur lequel il avait jeté l'encre bleue de sa plume, pour avoir un peu de lui. La passion dévorante qui s'était emparée d'eux n'a laissé aucune place au raisonnable, m'a-t-elle avoué avec un air coquin de jeune fille en proie aux balbutiements de l'amour.

Pour une fois, j'ai vu dans ses yeux quelque chose de vivant. J'apprenais qu'elle avait aimé. Aimé jusqu'à se perdre.

Elle avait déjà été soumise à l'amour et aux commandements du cœur, m'a-t-elle déclaré sans la moindre réserve. La pudeur n'était plus en elle depuis que la maladie y avait élu domicile.

Je l'ai laissée aller jusqu'au bout, incapable de l'arrêter, abasourdi par cette confession intime. Je l'ai écoutée religieusement, la gorge nouée et le regard attentif. Je buvais ses paroles pour étancher ma soif de savoir.

Elle a bien articulé chacun de ses mots pour s'assurer que je les entende. De peur peut-être de les oublier à jamais. Ses mots ont été d'une telle force qu'ils m'ont pénétré en me fracassant le cœur. Plus le temps avançait, plus j'intégrais l'idée qu'elle m'avait menti tout ce temps. Ma déception était manifeste, mais elle n'était plus en mesure de lire cette information sur mon visage.

Les mensonges s'étaient effacés pour que les vérités jaillissent.

Elle m'a tout déballé sans le moindre filtre. Le rideau de la honte était tombé et elle était devenue elle-même. Ce jour-là, c'était une évidence : elle n'allait plus livrer combat aux démons de son passé. Ses yeux étaient aussi brillants que le feu de leur amour.

Au bout de quelques minutes, elle s'est tue en poussant un lourd soupir. Le poids des années s'était exprimé enfin.

Lentement, son regard a retrouvé le mien. Quelques secondes qui m'ont paru une éternité. Elle a collé mes mains moites contre son visage, en tentant d'en tirer quelque chose. Elle a humé avec grâce et volupté l'odeur de mon parfum. Un rictus s'est alors dessiné dans ses rides.

D'une voix rocailleuse, fatiguée, elle m'a susurré à l'oreille : « Monsieur, je ne sais pas qui vous êtes, mais je sais que je vous aime. »

Je ne l'avais jamais entendue me dire « Je t'aime ». Paralysé par cette déclaration, je me suis laissé aimer. Moi qui ne savais pas le faire avec aptitude, elle m'en donnait enfin la permission. J'ai été pris d'une envie soudaine d'aimer.

Je ne savais sur mon père que ce que ma mère venait de me révéler sans s'en rendre compte. Pour apaiser mes questionnements nombreux, elle m'avait toujours laissé entendre que mon père était quelqu'un d'autre. Elle m'avait menti sur sa véritable identité, mais pourquoi ? Pour garder l'existence de cet homme pour elle seule ?

Elle n'en était pas à ses premières fabulations.

Mais une mère a droit à ses secrets comme à ses menteries. Surtout elle. La mienne. Femme de peu de mots qui a emprunté ceux des autres pour les faire siens. Histoire de se donner un semblant de contenance et une certaine position dans son village, mais surtout pour rester conforme à ce que les autres voulaient qu'elle soit, soumise, obéissante et dépourvue d'envies et de désirs. Les ordres le lui avaient bien rappelé.

Au cours de son passage dans la religion, son sang s'était glacé et ses mains, refroidies. Ses bras étaient dans l'incapacité de s'ouvrir tout entiers. Les miens s'ouvraient trop.

J'étais prêt à beaucoup juste pour qu'elle m'aime un peu, pour l'avoir à moi seul pendant un moment, allant jusqu'à accepter les élans de son cœur flétri prématurément.

J'ai souvent posé son corps frêle contre le mien, à la recherche de sa chaleur. Je donnais la mienne sans attente puisque la sienne tardait à se manifester. Sauf ce matin-là, où elle m'avait tout donné, y compris l'identité de mon paternel, ce renseignement qui allait tout changer.

Au moment où m'était révélée l'identité de mon père, celui-ci était mort. Mort depuis quelques années.

C'est ce que j'ai découvert quand j'ai remonté sa trace après avoir appris son existence de la bouche libérée de ma mère. J'avais perdu une occasion de me rapprocher de lui de son vivant par sa faute à elle. Je lui en ai voulu, voulu à mort.

L'idée de couper définitivement les liens est venue habiter mon esprit, mais c'était trop tard. J'allais me faire plus de mal qu'à elle. Elle n'en garderait aucun souvenir de toute façon. J'ai conservé mon attachement envers elle parce qu'elle était ma mère. Tout simplement.

Elle qui avait connu une vie misérable avait dû essuyer la honte d'avoir causé deux abandons. Le mien et celui de mon père. Elle s'était entachée d'un péché lourd à taire. Celui de m'avoir porté. Marquée d'une souillure profonde, elle marchait le corps courbé. Avoir aimé mon père devait venir avec un châtiment.

Ma mère ne fait pas exception aux femmes de sa génération. Elles ont passé leur vie à ne jamais penser à elles et à vivre en fonction des besoins des autres. Elles ne se sont jamais demandé de quoi elles avaient envie. Un trop grand luxe. Ces femmes ont donné sans compter. Une vie de sacrifices. Personne ne leur a demandé si c'était ce qu'elles souhaitaient vraiment faire de leur vie. De toute façon, elles n'auraient pas su quoi répondre.

Elles étaient conditionnées par leurs mères et leurs grands-mères à servir sans défaillir et à aimer sans conditions.

D'ailleurs, la plupart de leurs croyances venaient de cette époque où la religion était omniprésente et dictait à tous la marche à suivre.

Le dimanche, c'était sacré. Le devoir du pratiquant. La notion du péché était bien implantée. Si elles n'obéissaient pas, la foudre pouvait s'abattre sur elles à tout moment. Gare à celles qui auraient osé ne pas prendre place dans les rangs.

Dans la maison de ma grand-mère, la mère de ma mère, ça sentait toujours bon. Le plancher était soigneusement ciré. Tout brillait d'une propreté monastique. Ses couverts, par exemple, qu'elle astiquait à n'en plus finir. Comme si c'était la seule chose qu'elle contrôlait vraiment. Peut-être avait-elle compris qu'il valait mieux s'accrocher au peu qu'elle avait plutôt qu'espérer une emprise sur le reste.

La servitude dans laquelle les femmes de cette époque étaient tenues rendait parfois leur vie misérable. Ma mère en savait quelque chose.

La chasteté et le détachement des biens matériels avaient fait partie de sa vie depuis le moment où elle s'était engagée en religion, pour mettre de l'ordre dans sa vie de pécheresse. Elle avait servi Dieu comme personne, jusqu'au jour où elle avait repris sa liberté.

En ce temps-là, être mère était un sacerdoce. La maternité exigeait beaucoup d'engagement et de renoncement. C'était censé être pour la vie.

C'était ça, l'éternité. À l'arrivée du premier enfant, les mères prenaient une grande respiration, elles retenaient leur souffle tout au long de leur séjour terrestre et, au moment de finir ce séjour, elles expiraient. C'est peut-être pour cette raison que ma mère m'avait confié à d'autres mains, se sentant incapable de retenir son souffle.

Je savais maintenant que je devais partir à la recherche de mon père. Mais j'ai toujours eu une aversion pour les départs. J'en avais tant eu à vivre malgré moi.

Le regard de ma mère s'est détourné du mien peu à peu. Il s'est dissipé dans un brouillard dont elle seule connaissait le chemin. Elle s'est remise à tricoter d'une façon machinale. Presque militaire. Elle fredonnait des bouts de chanson. L'air y était. Le son de sa voix s'est fondu dans le bruit de sa chaise berçante. L'obéissance et la soumission sont réapparues comme un conditionnement trop bien installé. Elle ne m'a plus regardé. C'est tout ce qu'elle pouvait me dire. Elle l'a fait. Elle ne le fera plus. Plus jamais.

J'avais maintenant un père. Moi qui n'avais eu que des mères. J'avais besoin de mon père, même mort.

Tout près de lui

Ce matin-là, au cœur de la Grosse Pomme, tous mes mouvements se faisaient à un rythme automatique sur le sol mouillé. J'entendais le bruit de mes pas dans les flaques que je n'arrivais pas à éviter. Je marchais pour retrouver un semblant de quiétude dans ce cimetière aux allées exubérantes, où était enterré mon père, à mille lieues du monde de ma pauvre mère.

Je pensais à ce que ma mère m'avait raconté de leur amour, à ce que mon père représentait pour elle. J'avais peine à imaginer qu'il était là, et que j'y étais aussi.

Je tournais en rond, très anxieux. J'attendais le soulagement. Pour m'aider à le trouver, je faisais glisser les grains du chapelet de ma mère un à un entre mes doigts enflés par l'humidité, en souhaitant que mes doléances fendent la voûte céleste et trouvent écho auprès de Dieu. Je croyais en Dieu, la foi m'était revenue et elle me rendait plus fort.

La jeune femme s'est relevée et s'est empressée d'aller rejoindre ses compagnons. J'ai décidé d'aller à mon tour me recueillir. Quelques pas encore et j'y serais. J'étais curieux de connaître son autre vie, sans moi. Je devais savoir. Et imaginer ce qu'aurait pu être mon existence avec lui. Il me restait encore du temps pour imaginer cette existence.

Je me suis approché de lui. J'ai alors découvert que c'était l'anniversaire de sa mort. Trois ans, jour pour jour. J'avais du mal à contenir mon émoi. Il était sous mes pieds. J'ai été pris d'une envie déraisonnable de creuser un chemin pour me rendre jusqu'à lui.

C'est à lui que je voulais ressembler, à personne d'autre. Toutes ces femmes qui s'étaient relayées dans le rôle de mère pour moi n'avaient pas réussi à se substituer à la présence du père. Un père que j'ai idéalisé pour le maintenir aussi haut que possible. Combien de fois ai-je attendu son regard bienveillant posé sur moi sans mot dire ? J'ai tant souffert de son absence.

À trois mois tout au plus de la fin, j'éprouvais une immense volonté de comprendre qui étaient mes parents.

La solitude

La solitude allait devenir mon alliée au cours de cette aventure qui s'annonçait périlleuse. Je l'ai acceptée sans rechigner, j'ai même embrassé cette nouvelle compagne parce qu'elle allait m'obliger à m'écouter. Écouter ce qui était enfoui en moi.

New York state of mind

New York la gigantesque, la trépidante, la monstrueuse, la bruyante, l'excitante ! New York, la reine des États-Unis. À la fois cosmopolite et impersonnelle, New York permet aux gens de se réinventer. Telle une belle envoûtante, au-delà des grands édifices, elle se fiche des apparences, des conventions, des antécédents. Elle ne dort jamais. Je me sentais aller de mieux en mieux depuis que j'avais élu domicile dans un hôtel en plein cœur de l'agitation, là où bat la vie à une cadence élevée.

Lorsque ma mère s'était mise à me déballer la vie cachée de mon père, elle m'avait appris qu'il était fils d'immigrés né au Panama et qu'il avait grandi à Brooklyn, l'un des grands arrondissements de New York. C'est là qu'il avait appris à se battre pour survivre. Survivre à la violence qui le guettait.

À la fin de l'adolescence, faute de moyens pour nourrir des ambitions de grandeur et devenir avocat, comme l'espérait son père, il avait fait de la bagarre un métier. Un métier qui pouvait lui rapporter gros s'il le pratiquait avec sérieux et assiduité.

Il était devenu très vite un boxeur professionnel. Il n'y avait rien à son épreuve. Le monde à sa portée. Il ne connaissait pas la peur. Il devait en avoir vaguement entendu parler, mais elle ne s'était jamais installée en lui. Il ne lui avait jamais donné d'importance.

J'aurais voulu qu'il m'apprenne à vivre sans peur.

J'ai poussé mes recherches plus loin pour comprendre l'homme qu'il était, pourquoi ma mère biologique s'était si follement éprise de lui. J'étais fasciné par celui qui était devenu mon père, le temps d'un aveu.

En fouillant dans les archives de l'arrondissement de Brooklyn, en quête de ses faits et gestes, j'ai été étonné de réaliser à quel point il connaissait la notoriété, il était traité comme un roi dans sa ville. Certains allaient même jusqu'à le craindre parce qu'il était propriétaire de rings de boxe, de restaurants et de bars. Dans ses dernières années, il gérait sa propre agence de boxeurs, devenue avec le temps la plus importante, la plus sérieuse et la plus lucrative des États-Unis. Ce milieu clinquant possède ses règles et ses codes. Il faut créer de l'effet, afficher sa fortune pour faire croire que tout peut s'acheter. Mon père semblait s'être un peu égaré à ce jeu du plus fort. Le plus fort, c'était lui.

Il avait une femme et une fille, c'était bien les dames que j'avais vues au cimetière. Sa fille lui avait succédé aux commandes de ses entreprises. Elle était décrite par les journalistes comme la digne héritière de son père, avec l'esprit combatif qu'il démontrait, lui, dans un ring au huitième round, quand le combat semblait perdu et qu'il finissait par le remporter par K.-O. sous les applaudissements d'une foule en liesse.

Mais un jour, après avoir été roué de coups par un adversaire russe sans pitié, il avait sombré dans un coma qui avait duré plusieurs semaines, et on avait même cru qu'il serait nécessaire de le débrancher, jusqu'à ce que ses yeux s'ouvrent bien grands. Il avait perdu l'usage de la parole, sa motricité avait été atteinte et il avait dû tout réapprendre de sa technique. On l'avait condamné, mais c'était mal le connaître, ai-je compris.

J'étais béat d'admiration devant cet homme, que je commençais à découvrir. Si j'avais été élevé par lui, quel destin aurais-je connu ?

Tout près de moi

Je n'avais jamais été autant dans le plaisir simple avant d'apprendre la nouvelle. Je ne me reconnaissais plus. Je me rapprochais lentement de moi. Quelqu'un que je connaissais peu. J'avais beaucoup entendu parler de moi par les autres. Comme j'étais une personnalité publique, chacun avait sa propre idée de qui j'étais. Pas moi. Du moins pas encore.

Le prix de la gloire

Il m'arrivait de m'éloigner de la lumière aveuglante de la renommée pour retrouver un peu d'ombre. L'ombre a aussi ses bienfaits. Ils se comptent par dizaines.

La lumière nous réchauffe, mais il faut savoir s'en éloigner de temps à autre pour éviter de se brûler les ailes. Elle sait se faire aguichante et convaincante, elle sait s'offrir à nous. À nous de lui résister. Histoire de conserver une mainmise sur la réalité.

Ses coulisses sont parfois moins admirables que l'idée que les gens s'en font. C'est un monde conçu de toutes pièces par l'imaginaire collectif pour faire briller ce qui n'a pas toujours d'éclat. Faire de ce monde une illusion parce qu'il vaut mieux rêver que vivre dans le réel.

Mais il n'y a rien de mal à se laisser envoûter un tantinet par ce qui brille, juste pour avoir la sensation d'exister aux yeux de quelqu'un, pour avoir un sentiment d'utilité. D'autant plus que j'avais entendu tout le contraire – je n'existais pas, je ne servais à rien – dans la bouche de ceux qui devaient veiller sur moi quand j'étais un enfant en quête d'un peu d'amour, de quelques parcelles de tendresse, de miettes de reconnaissance.

Petit, j'ai conféré à la gloire tous les pouvoirs, dont celui de me soulever de cette enfance où je n'avais aucune emprise sur ce que je vivais, sur ce que je subissais. Je priais en silence pour que personne ne vienne détruire mon monde. En me projetant ainsi dans l'avenir, je m'extirpais momentanément d'un danger imminent, celui de la violence des mots et des gestes des plus grands, qui pouvaient s'abattre sur moi comme une masse. J'ai réussi à me rendre à l'âge adulte l'espoir chevillé au cœur.

Cependant, quand on se rapproche de la gloire, quand on l'atteint, quand on vit avec elle, on s'aperçoit qu'elle ne répare rien. Rien du tout. Le vide reste vide.

Une forme d'inconfort s'installe quand la reconnaissance sociale nous rejoint. Parfois, on s'excuse même de l'avoir obtenue. La confiance en moi n'est pas quelque chose que j'avais cultivé. Personne n'a semé en moi cette idée du dépassement. Je l'ai inventée au fur et à mesure. Quelques maladresses au passage, j'ai fini par croire que je pouvais réussir.

Mais le jour où la gloire s'estompe, où elle disparaît aussi vite qu'elle est apparue, que reste-t-il de son passage ? Je cherche encore la réponse. Une réponse que j'espère trouver au terme de ce pèlerinage solitaire, sans ma compagne des dernières années, sans ma fille.

Ma fille bien-aimée

Jasmine venait de franchir le quart de siècle et elle avait sa vie bien à elle. J'avais fait des efforts pour assouplir ce lien qui nous unissait trop. Trop depuis qu'elle avait failli se noyer, alors qu'elle n'avait que sept ans, dans une mer agitée des îles Turquoises aux vagues d'hiver sournoises, qui menacent de tout emporter sur leur passage.

Ce jour-là, j'étais seul avec elle, qui construisait des châteaux de sable. J'étais heureux et béat d'admiration devant l'horizon quand un instant d'inattention de ma part a suffi à la mer pour avaler ma fille. Stupéfait, paniqué, j'ai plongé dans les vagues et agrippé de toutes mes forces son maillot à grosses fleurs multicolores délavé par l'eau saline. J'ai extirpé furieusement son corps inanimé de l'eau, j'ai collé ma peau contre la sienne en la couvrant de bisous pour hâter son réveil, comme dans le conte que je lui avais lu la veille. Je lui ai ordonné de rester parmi nous tandis que mes larmes coulaient et que je retenais ma colère devant l'inconcevable de cet événement.

J'ai lutté, poussé comme jamais contre la force de l'eau, puis je suis sorti de la mer et j'ai couru.

Je l'ai étendue sur le sable blanc chauffé par le soleil ardent du mois de janvier, en priant pour que mes manœuvres de réanimation lui portent secours. Je les ai exécutées avec rigueur, dans l'ordre précis, sans déroger de mes apprentissages. De longues secondes m'ont fait penser que je n'allais pas y parvenir malgré la rigueur de mes gestes.

La vie décide de tout, même de la mort.

Mon entêtement a pris le dessus et j'ai poursuivi sans montrer de signes d'essoufflement, d'impatience ou de découragement, quand soudain sa petite bouche en cœur a recraché de l'eau comme une fontaine et une quinte de toux a confirmé qu'elle était revenue à moi. Son regard innocent a plongé dans le mien, encore figé de terreur à l'idée que j'échoue, que je ne puisse pas la sauver.

Alors elle m'a dit, non sans efforts : « Je t'aime, mon Minet. » J'ai détourné mon regard du sien pour lui cacher mes pleurs, pour qu'elle ne voie que ma joie de la savoir vivante. Elle a eu à peine le temps d'esquisser un sourire que la fatigue l'a submergée.

Elle s'est endormie dans mes bras. J'ai écouté sa respiration pendant des heures, sans fermer l'œil. Je l'ai transportée jusqu'à notre chambre d'hôtel, qui donnait sur cette mer qui avait failli la tuer. J'ai fermé les volets pour ne plus la voir. Nous nous sommes endormis. Le lendemain, j'ai plié bagage. Nous sommes repartis chez nous.

À partir de ce moment précis, j'ai pensé être sa bouée de sauvetage et je l'ai surprotégée.

Maintenant adulte, elle devait vivre ses propres expériences sans moi. Je devais l'accepter. Elle aussi.

La mère de ma fille

Judith m'a quitté un jour où l'automne s'était montré plus rigoureux que d'habitude pour aller faire sa vie ailleurs, sous les palmiers, avec un amant de dix ans son cadet, alors que Jasmine n'avait que six ans. Elle avait envie de vivre sans engagements, m'avait-elle avoué candidement lors d'une soirée trop arrosée et aux effluves puissants de marijuana.

Notre amour s'était étiolé depuis la naissance douloureuse de Jasmine. Ma compagne avait mis quarante-cinq heures à lui donner la vie. Elle était restée marquée longtemps par cet événement fait de contractions, d'attente et de douleur, malgré la splendeur du résultat : notre fille.

Moi, je serais resté auprès d'elle, même si l'amour avait perdu de sa vivacité et de sa réciprocité, parce que je pouvais faire abstraction du moi pour ne pas perdre le nous.

Le lendemain de son aveu, et malgré le dégrisement, elle était encore décidée à tout quitter, même sa fille. Elle était convaincue que Jasmine ne l'aimait pas et ce sentiment la perturbait depuis toujours. Pourtant, ce n'était pas la réalité. Mais l'absorption en grande quantité et à long terme de substances illicites avait perverti sa vision des choses, nui à sa capacité de comprendre les nuances et entaché son analyse de la situation.

C'était sa décision. Jasmine et moi, nous devions en accepter les conséquences.

Ça sentait les adieux quand Judith a pris son sac à main, dont le contenu devait se résumer à l'essentiel de son maquillage, à quelques pièces d'identité et au passeport qu'elle venait de renouveler. Elle avait déjà descendu ses deux immenses valises au rez-de-chaussée, où un inconnu les a ramassées sans nous regarder.

En embrassant notre fille sur la joue, elle y a laissé l'empreinte de sa bouche rouge cerise. Elle est partie sans se retourner, s'empêchant ainsi de l'enlacer, de la serrer contre elle, de faire durer la scène.

Elle nous a quittés en nous évitant du regard, nous qui tentions de le soutenir par crainte de ne plus jamais voir ses yeux bleu ciel. Elle a refermé la porte doucement, sans esclandre. Ses pas retentissaient sur le sol en céramique, s'éloignant jusqu'à se perdre dans un silence lourd. Lourd de conséquences.

Nous étions encore dans la mouvance des valeurs hippies des années 1970, et pourtant nous vivions dans les années 1990. Vivre et laisser vivre était la devise de l'époque. La sienne aussi. Alors que, chez moi, le sens du devoir et des responsabilités avait effacé toute envie de m'évader dans les drogues et les paradigmes incertains, sauf les rares fois où j'ai accepté de vivre l'évasion que me procuraient quelques bouffées de cannabis. Ma fille était mon ancrage.

Au bout d'un moment sans nouvelles, j'ai obtenu la garde exclusive de Jasmine, car sa mère n'est jamais revenue. Elle n'a pas daigné donner un quelconque signe de vie. Elle n'a pas non plus nourri les espoirs d'un retour éventuel. Elle a abandonné sa fille en même temps que tout le reste. Je me suis fait à l'idée.

Un soir de printemps précoce, après des années à ignorer où elle vivait et ce qu'elle faisait, et quelques mois avant mon départ pour New York, j'ai appris de la bouche d'une amie commune – qui en avait assez de tout cacher – que Judith se trouvait au Costa Rica, vivant sous un nouveau nom après avoir fait le tour de la planète. Elle s'était mariée avec un notable de la place et avait donné naissance à un garçon. Lui parlait-elle de notre fille à l'occasion ? Je n'ai pas osé le demander à cette amie ; la réponse aurait pu m'arracher mon cœur de père.

Mon célibat a duré une bonne dizaine d'années, même si quelques rapprochements intimes sans lendemain sont venus ponctuer cette période. Je voulais protéger ma fille d'une belle-mère qui aurait pu elle aussi décider de l'abandonner.

Mais un jour, j'ai été emporté par la tentation d'aimer, d'une façon accidentelle. Jasmine avait atteint sa majorité en réclamant son indépendance partielle. Et Jannick est apparue dans ma vie tel un baume sur ma blessure d'estropié de l'amour.

Elle s'est immiscée assez rapidement dans mon quotidien. Elle s'était amourachée de moi lors d'un cinq à sept qui s'était étiré à la suite d'une journée intense à la télévision, où elle travaillait comme réalisatrice à mon émission depuis quelques semaines.

J'ai été le premier surpris de me voir roucouler aux pieds de cette femme au magnétisme fou. J'ai vite reconnu que la seconde bouteille d'un vin californien de grande qualité était de trop et qu'elle était responsable du fait que j'avais succombé à ce point et aussi facilement, moi qui faisais montre de réserve quand venait le temps de flirter. J'étais malhabile et maladroit.

C'est terrifiant d'être amoureux. On doit abandonner une partie de soi pour devenir quelqu'un de plus grand. J'avais déjà beaucoup abandonné.

Alors, assez vite, j'ai feint l'état amoureux pour ne pas la décevoir. Et un jour, j'ai cessé de jouer son jeu pour jouer plutôt franc jeu.

Quand je lui ai avoué la vérité, elle a manifesté le besoin de prendre une certaine distance, de retourner vivre chez elle, dans ses affaires. Elle avait besoin de ses repères. Moi aussi. Elle avait eu sa vie avant moi. Moi aussi. Il nous arrivait fréquemment de laisser des semaines séparer nos échanges pour permettre au désir et aux envies de l'autre de se faire davantage ressentir. Cela marchait plutôt bien au début, mais de moins en moins dans les derniers mois, jusqu'à mon départ pour New York.

Ses quelques jours de silence s'inscrivaient dans la continuité de nos rapports. Rien d'inhabituel. Ce qui me laissait du temps avant de tout lui révéler.

Nos cœurs en fête

Je savais bien que la cinquantaine s'en venait. J'avais mal évalué son impact. Simple coquetterie ou pur déni ? Il était important de la célébrer malgré tout, bien que j'aie la crainte permanente que les gens se sentent forcés d'assister à ce genre de cérémonie sans que le cœur et l'envie y soient. Pourtant, j'aime la fête avec ses étourdissements et ses débordements. J'ai un désir farouche de vivre. Mais je sens la responsabilité d'être divertissant afin que la soirée se prolonge le plus longtemps possible et que les convives déjouent l'ennui.

Devant l'insistance des miens et de beaucoup d'autres pour en faire un événement public, puisque le chiffre était bien rond, je me suis laissé convaincre de marquer cet anniversaire. Sans trop de résistance, sans me mêler de quoi que ce soit, j'ai cédé le contrôle des opérations, ce qui était rarissime. Un exercice d'abandon qui s'est révélé difficile. J'ai cédé sous la pression, par crainte que personne ne comprenne les raisons véritables de ma réticence.

J'aurais voulu encaisser le bouleversement de la cinquantaine seul, tout seul. Je voulais me baigner dans cette nostalgie, proche de l'ivresse, y trouver un certain réconfort et m'y noyer. Revoir ma vie de fond en comble. La réinventer au besoin. C'était avant de savoir ce qui m'attendait au détour.

Ce moment de festivités que je redoutais férocement s'est pourtant révélé agréable, voire mémorable, par la nature des surprises qu'on m'avait faites et des témoignages, tantôt touchants, tantôt drôles, de personnalités qui fusaient de toutes parts, les réjouissances se jouant devant plus d'un million de téléspectateurs.

Un record absolu pour cette tranche d'heure de fin de soirée que je dominais depuis mes débuts. J'ai englouti la compétition d'une manière exagérée ce soir-là.

Le public est toujours avide de ce genre de démonstration. C'est une forme de voyeurisme auquel on adhère sans trop pouvoir s'y objecter, c'est un levier puissant pour faire monter les audiences. À la télé, seules les images comptent.

Au cours de cet événement, j'ai reçu de la haute direction un colossal bouquet de fleurs, dont quelques lys. Leur odeur forte et nauséabonde m'a rappelé de mauvais souvenirs.

Souvenirs d'une des maisons de mon enfance, celle des Surprenant, où j'étais resté plusieurs mois et que j'avais dû quitter pour la demeure des Rivard, car la violence sous toutes ses formes avait été démasquée chez les premiers par les services sociaux. Le commencement de ma vie a été parsemé de départs. De faux départs.

À l'évidence, ce bouquet constituait la preuve que la direction était contente de ma décision de prolonger notre entente d'une année. Sûrement ma dernière. J'avais de moins en moins le désir d'être dans la lumière. J'en connaissais les répercussions.

De toute façon, je ne me faisais pas d'illusions devant tant d'effusions : les téléspectateurs sont les réels patrons.

Moi qui n'aime pas les surprises, j'ai été servi. Mes réactions face à toutes les marques d'affection que je recevais seraient scrutées à la loupe, j'en étais conscient. L'émotion est venue à bout de mes résistances, elle m'a gagné. Je n'ai jamais pensé que j'étais aimé. Aimé à ce point. J'ai toujours un peu peur de devoir payer un prix en échange d'un débordement d'amour. Ce soir-là, j'y ai presque cru, à cet amour. Cru jusqu'à penser que cette joie pouvait s'éterniser.

Au début de la soirée, je suis resté un peu méfiant, comme souvent.

Après la mascarade, une fois les caméras éteintes, je me suis vraiment amusé. Les heures s'écoulaient. J'en ai presque oublié ma fatigue et les symptômes qui m'indisposaient. L'ambiance était à la fête, nos cœurs aussi. Il ne restait que les principaux collègues. Je me suis abandonné aux plaisirs. J'ai bu jusqu'à n'en plus finir. J'ai dansé jusqu'au matin, avec une gaucherie certaine et apparente. Un semblant de légèreté s'était emparé de tout mon être et, malgré tout, j'en étais reconnaissant.

C'était ma dernière émission de la saison. J'avais pris soin de l'enregistrer la veille de la diffusion, pour pouvoir en finir au plus vite, m'occuper enfin de ces maux de ventre qui étaient devenus intolérables entre deux prises d'analgésiques et que je m'efforçais de cacher, de plus en plus laborieusement.

L'usure du temps et le travail intense, acharné et constant avaient laissé des traces sur mon corps. Un corps abîmé.

Corps à corps

J'ai attendu vingt-quatre heures avant de me présenter aux urgences, le temps de cuver l'alcool ingurgité exagérément et d'étirer les plaisirs de la chair avec une inconnue d'exception. Elle avait l'air d'avoir franchi la trentaine. Son regard coquin, ses charmes discrets et ses formes invitantes ont eu raison de ma vulnérabilité. Mon besoin insatiable de ressentir le vivant dans tout mon être était plus fort que tout. Plus fort que moi.

Quand ses yeux émeraude ont croisé les miens, mon envoûtement a été immédiat. Mon imagination s'est enflammée, elle s'est attardée à d'innombrables fantasmes. Le regard vert en disait long sur la volonté de cette femme d'en combler quelques-uns.

Sans hésitation, l'alcool aidant, je me suis laissé guider par une main parfaitement manucurée, obnubilé que j'étais par sa démarche sensuelle. Je l'ai suivie jusqu'à sa chambre d'hôtel. Sa peau satinée couleur miel m'avait fait perdre la raison.

Toute la nuit, nos corps ont exulté en totale harmonie. J'ai laissé ma chair s'enivrer d'un mensonge, je me suis fait croire que je l'aimais d'amour, pour mieux plonger en elle. Après un certain temps, l'intensité a atteint sa limite. Du moins pour moi. Mais nos corps n'ont pas voulu déposer les armes.

Nous nous sommes enlacés jusqu'à l'aurore, sans rien connaître de l'autre. Sans même s'en préoccuper. Elle devait en savoir davantage sur moi que moi sur elle. Nous avons plutôt savouré cet instant d'exaltation. Cet instant, c'était la vie.

Le remords ne s'était pas encore rendu à mon esprit. J'étais engagé dans une autre relation qui avait perdu de sa superbe avec le temps. Cette relation était sur le point de rendre l'âme sans que nous fassions l'effort de la réanimer.

Au moment du réveil, l'inconnue s'est enfin présentée. Elle s'appelait Élodie, était médecin dans un grand hôpital de la métropole et avait tout juste trente-deux ans.

Célibataire, sans enfants, car les urgences de son travail l'accaparaient trop. Mais elle aussi avait cette envie puissante de vivre l'amour pour retrouver un peu d'équilibre.

Lorsque j'ai décliné son invitation de la revoir en soirée, j'ai perçu tout de suite sa déception, ses larmes teintées du noir opaque de son mascara, la couleur rehaussée de ses joues roses. L'envie y était, mais je ne pouvais pas m'engager dans un rapport amoureux.

Pour le moment, j'en étais incapable.

Elle s'était déjà attachée. Parfois les règles du jeu se transforment quand les corps ont eu l'impression de s'appartenir. L'attirance des nôtres était forte et appelait à la démesure. J'ai eu quand même le pressentiment que nous allions nous revoir un jour. Malgré cela, je devais m'occuper de moi.

C'était quelques heures avant que j'apprenne la nouvelle.

Les urgences

« Olivier Dubreuil, salle 12. Olivier Dubreuil, salle 12. » Ces mots ont été prononcés par une voix tonitruante et protocolaire. Exaspérée sans doute par une nuit trop longue, une autre, passée dans cet hôpital un peu délabré perdu dans un quartier industriel d'une ville encore endormie.

Une ville qui se remettait d'une soirée qui s'était étirée jusqu'au matin. Les festivités avaient atteint leur pleine démesure et avaient étourdi les esprits les plus téméraires. L'alcool aidant. D'autres substances aussi. C'est souvent ainsi, le soir de la Saint-Jean-Baptiste.

Les murs autour de moi, qui en avaient vu de toutes les couleurs, ne demandaient qu'à recevoir un bon coup de pinceau pour leur redonner vie. Un semblant de quelque chose d'invitant qui ferait perdre de vue que le sort de nombreuses personnes s'y joue. Des murs qui se resserrent quand l'attente se prolonge jusqu'à l'épuisement et quand les appréhensions seront nourries pendant des heures interminables.

Les néons jetaient sur le visage des patients, dont le mien, un éclairage d'une grande violence. Il valait mieux ne pas trop scruter nos visages inquiets et blêmes, laisser la coquetterie derrière les portes battantes. Elle n'avait pas sa place ici.

Le personnel, usé à la corde, faisait de son mieux. Les urgences fourmillaient de blessés. Certains d'entre eux tenaient bon pour que la vie ne les laisse pas tomber. D'autres avaient déjà abdiqué. Il y avait là une grande effervescence, impressionnante et déstabilisante pour quiconque y prêterait attention.

Des cris étouffés. Des cris bruyants. Des pleurs en sourdine. Des pleurs assumés. Des nouveaux cas qui s'ajoutaient à la liste de patients déjà fournie et qui changeaient la priorité de passage. Des malades hagards erraient dans les couloirs encombrés, quand ils n'étaient pas allongés sur des civières dépouillées.

Des gens seuls face à leurs inquiétudes. On se serait cru dans une zone de guerre, remplie de sinistrés. Les médecins étaient peu nombreux, les infirmières, débordées. Les préposés ne suffisaient plus aux tâches essentielles. Personne pour leur prêter main-forte. Seule notre patience pouvait leur apporter un peu de réconfort. Même si certains cas ne pouvaient plus attendre.

Ma patience à moi avait déguerpi depuis longtemps. D'ailleurs, elle n'est jamais revenue. Je ne croyais presque plus à l'éventualité d'être vu par quelqu'un. Mais partir n'était pas une option. Impossible de fermer l'œil. La douleur était incrustée en moi. Sa persistance avait nourri mon imagination des scénarios les plus pessimistes. Une partie de moi était prête à entendre le pire.

Au moment où mon nom a retenti des haut-parleurs, j'étais assis sur une chaise d'un bois douteux et au confort inexistant. Une chaise fragilisée par l'usure du temps. Neuf heures s'étaient écoulées depuis mon arrivée.

À l'instant de me lever, j'ai tout fait pour éviter qu'on me regarde de travers : j'avais osé demander quand arriverait mon tour. Une permission que je ne me suis octroyée qu'une fois. Il avait fallu six longues heures avant que je me lance. La célébrité exige de la discrétion. Dans les limites du possible.

L'anonymat confère des avantages, dont celui de se plaindre sans la moindre peur de représailles.

J'ai fait profil bas, même si mon rôle de confesseur, celui qu'on voyait au petit écran, était mis à contribution auprès de certaines personnes en attente d'un diagnostic. Sans que je le veuille. J'y étais un peu obligé. Ces personnes étaient convaincues que j'étais aussi cet être divertissant dans la vie, donc je me devais de m'exécuter avec la même bienveillance que lors de mes entretiens à la télévision.

J'écoutais attentivement. Cela m'a sorti de mes inquiétudes. J'en étais même venu à oublier pourquoi j'étais là. Comment pouvais-je m'oublier à ce point ? Question que je me suis souvent posée au moment où je m'arrêtais de travailler, après la frénésie que ce métier engendre. Je prenais la pleine mesure de la chose à chacune de mes pauses.

Une sensation étrange de vide apparaît quand la machine publique, au mécanisme bien huilé, après s'être activée, affolée pendant des mois, doit soudainement s'arrêter. Alors la solitude prend ses aises et les insécurités aussi.

J'avais ce mal de ventre depuis des semaines. De plus en plus souvent. De plus en plus fort. Ne me laissant pas le moindre répit dans les derniers jours.

L'insomnie faisait ce qu'elle voulait de moi et je n'avais plus l'énergie de la faire taire. Elle s'amusait à mes dépens. Je me battais contre elle pour qu'elle aille faire ses sparages ailleurs. Au point qu'un petit cachet pour calmer mon anxiété et un autre pour trouver le sommeil étaient devenus nécessaires. Mais l'accoutumance s'était installée. J'étais désormais dépendant.

La femme semblait prendre un certain plaisir, pour ne pas dire un vilain plaisir, à répéter mon nom au complet, la bouche collée au microphone, martelant chacune des syllabes. Histoire de ne pas faire erreur sur la personne, sur ma personne. Cette insistance a eu l'effet escompté. Tout le monde me savait là.

Une émotion forte, presque nouvelle par son intensité, s'est emparée de moi. Un réel soulagement d'être vu enfin par un médecin mélangé au malaise provoqué par cette attention déversée sur moi.

Le ton autoritaire de l'infirmière et son manque de discrétion ont trouvé un écho dans cet auditoire en quête de distraction. Cela a cassé brusquement la monotonie imposée par l'austérité des lieux et la lourdeur du contexte. Ce court instant a donné un répit à la réalité de mes voisins. Quelques secondes ont suffi ; ils ont plongé de nouveau dans leurs pensées.

J'avais sous-estimé l'effet d'une voix.

Les voix intérieures

Cette voix a fait naître quelque chose en moi. En une poignée de secondes, elle a eu le temps de laisser des séquelles. Elle s'est ajoutée à d'autres, que je conservais, très étrangement, comme des jalons sur ma route. Il y avait quelque chose de familier, d'un peu rassurant. D'autres qui m'ont réprimandé à de multiples occasions et dans différents contextes au cours de cette enfance ballottée. Des voix qui s'étaient faufilées en moi une à une, qui s'y sont enracinées et qui ont fait des ravages en me dictant ma conduite. Une conduite qui devait être exemplaire, au risque d'appeler des représailles déchaînées.

Dans le regard des autres

Dans cette salle d'attente trop pleine, j'ai senti plusieurs regards se poser sur moi, sans la moindre gêne, quand on a prononcé mon nom au complet à quelques reprises. La subtilité n'était pas à l'ordre du jour. Tout s'est déroulé avec une certaine lenteur.

Ils se sont mis à me chercher des yeux. S'assurant que j'étais bien celui qu'ils croyaient. Ils se sont mis à m'épier. Chacune de mes réactions comptait pour eux. Ils devaient se demander ce que je pouvais avoir comme maladie. Pourquoi étais-je ici ?

Dans leurs yeux, une fois l'effet de surprise passé, j'ai vu une forme de bienveillance. Cela m'enveloppait d'une certaine chaleur.

Les autres patients, ceux de la salle d'attente, qui m'avaient vu entrer, ont remarqué la timidité de mes pas et la tristesse de mes yeux, qui fixaient maladroitement le sol fraîchement lavé. Je ne voulais pas que les regards indiscrets y trouvent leur cible. Ma présence attisait la curiosité de certains. Suscitait un peu d'envie chez d'autres.

Notre vie, quand elle est dans l'œil du public, en intrigue plus d'un. Les gens l'imaginent sans fissures et sans brisures. Croyant que la notoriété peut nous immuniser contre les revers de la vie et les passages difficiles qu'elle nous impose. Il n'en est rien.

Les devoirs et les obligations qu'imposait la quotidienneté de mes apparitions télévisuelles me condamnaient à un esclavage et à un certain mutisme sur ce que mon corps ressentait, évitant ainsi d'alarmer mon équipe. Je ne souhaitais pas qu'on décèle quelque chose d'irrégulier chez moi, qu'on s'inquiète outre mesure de mon état, de ma capacité d'être au rendez-vous et d'assumer ma présence à l'écran, soir après soir.

Ma saison venait tout juste de se terminer quand j'ai atterri aux urgences ce soir-là. Quelques heures plus tard, on diffusait sur les écrans de télévision de la salle d'attente ma dernière émission, que j'avais réussi de peine et de misère à enregistrer la veille car la fatigue et la douleur m'assaillaient. Mais si les festivités entourant la célébration de mes cinquante ans avaient bien marqué le coup, elles semblaient captiver les patients plus que je ne l'aurais cru. Voir ces images me réjouissait. J'étais envahi par tant d'amour, malgré les douleurs qui m'amenaient ici. Sans que je le sache le jour de l'enregistrement, cette soirée aura été celle des adieux. Même si, sur les images du générique de fin, la voix grave de l'annonceur avait confirmé mon retour pour la vingt et unième saison à la même antenne, alors que je n'avais encore rien signé, ni ratifié l'annexe au contrat.

Le marathonien en moi venait de franchir le fil d'arrivée. Plus difficilement que les années précédentes, c'est sûr. J'avais vingt ans de routine quotidienne au compteur. Dans la dernière année, j'avais présenté cent douze émissions, et plus de quatre cents invités s'étaient prêtés au jeu de l'entrevue. Un jeu que j'exécutais avec une efficacité et une aisance presque désarmantes, tout en ressentant de la peur au creux du ventre. Pour mener à bien cette tâche colossale, j'avais dû engloutir des milliers de pages de rapports de recherche, visionner des centaines d'heures de télévision, assister à des dizaines de spectacles, lire une centaine de livres et écouter autant de disques.

Je vieillissais et mon système nerveux me faisait bien du tort quand venait le temps d'analyser les enjeux. La vie s'était chargée de m'envoyer quelques épreuves, ce qui m'avait obligé à envisager l'avenir autrement.

J'avais décidé de réfléchir si je revenais ou pas pour une autre saison, car je n'en pouvais plus de cette cadence. J'avais prouvé ce que j'avais à prouver. C'était assez.

J'aimais mon métier : il y a un réel plaisir à poser des questions, à attendre des réponses et à voir dans les yeux de l'autre la satisfaction de prendre part à l'interview, même si certaines de ces réponses tardent à se formuler. Les questions se construisent au fur et à mesure que l'entretien avance, au rythme de la vie. La crainte n'est pas très loin pour me rappeler que tout doit tenir en équilibre.

Avoir en tête la chute de l'entrevue tout en évitant son point de rupture, qui peut survenir n'importe quand. Quand ce point arrive, il peut faire basculer la conversation dans une autre direction. Il faut savoir être à l'écoute. Pendant ce temps, toute l'attention est dirigée vers l'autre, ce qui nous soustrait de notre réalité. J'ai appris à vivre ma vie en écoutant les autres raconter la leur.

Cette approche, je l'ai développée dès mon jeune âge, un peu à mon insu. Pendant que des objets, des pleurs, des cris et des mots durs fusaient de toutes parts, pour calmer le chaos en moi je regardais cet autre monde que m'offrait le téléviseur, en imaginant que j'en faisais partie.

Je plongeais dans mon imaginaire pour créer un monde à ma mesure.

LA nouvelle

J'ai pris la dernière dose d'énergie qui me restait. Je me suis dirigé tant bien que mal vers cette salle de fortune, coincée entre deux autres, pas tout à fait debout car les douleurs s'étaient intensifiées. Je tentais de rester le plus droit possible, l'orgueil aidant.

J'ai suivi l'ordre des chiffres indiqués sur les portes, en m'agrippant péniblement aux poignées sans doute couvertes de microbes que je voyais défiler l'une après l'autre jusqu'à la salle 12, comme me l'avait indiqué la voix dans l'interphone. Compter jusqu'à douze m'a paru très très long.

Je suis entré dans la petite pièce avec un soulagement visible et une appréhension légitime. J'ai regardé l'endroit, dénué du moindre goût et doté d'une insignifiante superficie. Un coup d'œil suffisait pour visiter l'espace, pour noter l'emplacement des sorties de secours. Une chaise droite en bois usé. Un minuscule bureau aux tiroirs nombreux. Quelques appareils pour inspecter le mal. Son origine, du moins. Une table d'examen traditionnelle, recouverte d'un papier crêpe, sur laquelle je me suis empressé de m'asseoir en reprenant mon souffle.

Rien ne laissait présager ce que je devais apprendre. La porte s'est ouverte une trentaine de secondes après mon arrivée pour laisser entrer une infirmière, la quarantaine à peine entamée. Sa bienveillance, en m'aidant à enfiler ma jaquette d'hôpital, détonnait par rapport à la dureté de la voix que les enceintes avaient crachée si violemment. Elle commençait sûrement son quart de travail.

Aussitôt installée, elle m'a demandé de m'allonger. Je me suis exécuté sans hésitation, anormalement obéissant. Je me suis étendu, non sans efforts. L'absence de sommeil réparateur et la torpeur induite par la nuit torride avec cette inconnue n'aidaient en rien mon état de vulnérabilité. Mes inquiétudes m'avaient gagné une à une.

Après les rituels d'usage, l'auscultation, la prise de tension artérielle et de température, l'infirmière m'a mitraillé de questions, avec application et aplomb. Le ronronnement incessant du va-et-vient dans cette urgence en pleine crise ajoutait à l'intensité du moment. Au fur et à mesure qu'elle travaillait, je la sentais devenir de plus en plus tendue. Par conscience professionnelle ou en raison d'une réelle préoccupation ? J'étais trop anxieux pour me faire une idée.

Elle a coché oui, coché non, dans les multiples petites cases d'un formulaire. Mes réponses devaient alimenter l'explication qui allait tout révéler sur mon état. Je redoutais ce moment. Il y avait des questions auxquelles je n'avais pas de réponse, notamment à propos de mes antécédents familiaux. Je ne connaissais rien de la vie de mon père biologique. Tout ce qui le concernait était de l'ordre de la spéculation. J'en connaissais beaucoup plus sur ma mère, même si elle avait toujours été une femme discrète.

L'infirmière est partie précipitamment, appelée par une voix qui avait crié un code à l'interphone. Avant de sortir, elle m'a dit : « Le médecin viendra vous voir. Je sais que vous avez attendu longtemps, je vous remercie de patienter encore un moment. Il devrait arriver sous peu. »

Je me suis senti seul. Complètement seul. Je me suis mis à fixer chacune des gouttes d'eau qui se formaient à l'extrémité du robinet mal fermé et qui tombaient à un rythme régulier. C'était un véritable supplice. Dans cette pièce trop exiguë, les murs se sont refermés sur moi.

Puis, une demi-heure plus tard, un jeune homme est entré, exténué et expéditif, frôlant l'insolence. Stéthoscope fièrement pendu à son cou. Il m'a à peine salué. Il n'a pas demandé mon nom. Je ne lui ai pas demandé le sien, j'avais compris que c'était le médecin. Il a pris mon pouls, ausculté mes poumons. De ses mains froides, il m'a tâté l'abdomen. À gauche, à droite, en haut, en bas. « Êtes-vous capable de faire un gros ventre ? Ici, est-ce que ça vous fait plus mal ? Et ici ? »

Ouche, oui, ici, quelque part sous la peau, ma douleur, mon autre douleur, une nouvelle.

Mon corps était chaud, et comme un nœud. Le stress s'était emparé de moi et me manipulait à sa guise. Il activait toutes les ficelles de mon être comme si j'étais un pantin. J'étais condamné à lui obéir. Il avait dicté ma vie. J'avais pourtant essayé de lui tenir tête.

« Il semble y avoir quelque chose, a-t-il marmonné.

— Une masse ? lui ai-je dit.

— Quelque chose, a-t-il grommelé, toujours un peu sèchement ; je n'étais clairement pas son plus gros cas. Ça fait longtemps que vous avez mal là ? Vous n'avez pas maigri, certain, vous vous pesez ?

— Je n'ai pas de balance chez nous... »

J'avais à peine prononcé ma phrase qu'il a enchaîné sans me regarder.

« On va vous faire des prises de sang. Je vous envoie pour des radios. Je demande un scan du ventre aussi, on va en avoir besoin. Je vous revois après. »

Il est vite sorti. À l'interphone, encore beaucoup d'action.

Dans l'énervement, j'avais oublié de prévenir les miens que j'allais me rendre enfin à l'hôpital me faire examiner.

Revenu dans la petite salle, une heure, non, c'était deux heures plus tard, fatigué par tous ces examens et ces questions en rafale, je me suis assoupi quelques instants. Une autre heure s'est écoulée avant que le médecin revienne, le visage défraîchi et le regard plutôt neutre.

Il a pianoté sur son clavier, faisant apparaître une radiographie qu'il a regardée rapidement, m'a jeté un coup d'œil, puis a fait défiler toute une série d'images, des tranches de mon abdomen. Son écran est devenu noir, il l'a agité, a retrouvé l'image, l'a scrutée, puis il a transféré son attention sur une pile de papiers qui traînait devant lui. Deux ou trois formules de sa part m'ont suffi à saisir que quelque chose ne tournait pas rond. Sans ménagement particulier, en ne retirant pas ses yeux de son ordinateur, il m'a lancé une suite de mots sans faire de pause, avec une légère inflexion de la voix. J'ai tout de suite compris qu'il n'aurait pas la bonne manière d'annoncer les choses.

« Monsieur Dubreuil, je sais qui vous êtes. Ma femme aime le travail que vous faites à la télévision. Je n'ai pas encore de diagnostic définitif à vous donner, il va falloir poursuivre avec d'autres tests, voir le gastro-entérologue, mais comme vous n'avez pas de temps à perdre, et moi non plus, je ne vous cacherai pas que ça ne regarde pas bien. »

« Pas bien ? » Mon corps s'est tordu à nouveau. On aurait dit que mon cerveau se dissociait, que je n'étais plus intelligent, juste envahi par une masse d'émotions. Mon jugement s'effritait, j'écoutais le médecin, mais je l'entendais de moins en moins.

« Je ne sais pas trop comment vous dire... Ce n'est absolument pas normal dans votre ventre, le radiologiste a l'impression que c'est votre pancréas. Vous n'allez pas bien du tout... »

Je l'ai interrompu net :

« Je... vais mourir.

— On va commencer par avoir une idée plus précise... mais, parfois, il y a peu de choses que nous pouvons faire... a-t-il poursuivi.

— Il me reste combien de temps ? Dites-le-moi, docteur. Un an ? lui ai-je lancé d'un ton paniqué.

— Calmez-vous, on verra plus clairement. C'est une masse très étendue. Je ne peux pas vous... Enfin...

— Une masse au pancréas, c'est trois mois ? ai-je dit spontanément.

— Trois mois, six, douze, vous verrez. Ce soir, il est difficile pour moi d'être plus précis. »

Un peu nerveux, le médecin est resté tout de même stoïque. Il n'avait pas le tour, mais ce n'était pas la première fois qu'il livrait une telle nouvelle. Il avait laissé ses sentiments au vestiaire. Et il protégeait ses arrières.

« Vous diriez quoi si c'était vous ? »

Il baragouinait, irrité et mal à l'aise devant mon obstination.

« On verra. »

J'ai insisté :

« Trois mois ?

— Trois mois, puisque vous y tenez, oui, quelque chose comme ça.

— Trois ? Trois ? Trois ? ai-je répété, comme pour exorciser mon fracas.

— Ça dépend de plusieurs choses, vous verrez, mais vous me posez la question, alors je vous réponds au mieux de mes compétences : oui, je dirais trois mois, tout au plus. »

La révélation s'est rendue jusqu'à moi comme un coup de canon. Je n'ai pas osé lui demander de la répéter. Son effet était suffisamment dévastateur pour que je comprenne la gravité de la chose et que j'en mesure les dommages. Lui ne montrait pas grande empathie. Devant ma réaction, il a paru exaspéré. Il a ajouté : « Vous m'avez entendu, monsieur Dubreuil ? Je suis désolé, vraiment. »

J'avais beau hocher la tête, cette réponse ne lui suffisait pas. Il semblait vouloir que je m'effondre sous ses yeux pour lui prouver que ses mots avaient atteint leur cible. Je ne voulais plus l'entendre. Je ne voulais rien entendre. J'ai gardé ma retenue même si je n'avais qu'une idée en tête : fuir ce lieu maudit. Fuir la mort. Fuir ma vie. L'oublier à jamais. Me rapprocher de celle que j'avais voulu vivre. Il me restait peu de temps pour le faire. Trois mois tout au plus.

Malgré le sérieux de ce que je venais d'apprendre, je ne ressentais rien qui pouvait m'indiquer que j'allais mourir sous peu. Des maux de ventre insistants, de la fatigue, un sommeil agité qui écourtait mes nuits et rendait mes jours plus longs. Rien de plus.

Sa pagette a sonné. Le devoir l'appelait ailleurs. Il n'a pas levé les yeux sur moi. Il s'est excusé, au passage, de devoir partir si abruptement. Il a laissé ses mains dans les poches de sa blouse blanche immaculée, pour éviter de devoir en mettre une sur mon épaule en signe de réconfort. Avant de refermer la porte, après m'avoir invité à me rhabiller, il m'a répété : « Je suis désolé, monsieur Dubreuil... Il n'y a rien que je puisse faire pour vous ce soir. Je vais vous laisser encaisser le choc. Voulez-vous qu'on contacte un de vos proches ? »

Aucune réponse de ma part.

« Je dois aller voir un autre patient. Restez ici, je vous prie, une infirmière viendra vous parler de la suite des choses. On s'occupera de vous. Elle vous parlera également de l'oncologue, si vous voulez bien. » Ç'a été le seul moment où il a laissé poindre une parcelle d'humanité. Celle-ci a disparu aussi vite qu'elle était apparue.

J'ai remis mes vêtements. Les mots du médecin résonnaient dans ma tête. J'y ai cru sans réfléchir. Je n'ai pas pris la peine d'attendre l'infirmière, il n'était pas question que je perde du temps avec d'autres experts, c'était du temps en moins pour la vie.

J'ai fui aussi loin qu'il m'a été possible de fuir en souhaitant que ces mots s'amenuiseraient dans ma course. Peine perdue, ils étaient là pour rester. Rester au creux de moi. La fuite, ce n'est pas nécessairement du déni, c'est parfois choisir de se mettre au centre de sa vie.

J'ai pris la décision de taire cela à mon entourage, même le plus proche, le temps de reprendre un semblant de contenance.

Les jours devenaient précieux parce que comptés.

À présent que je devais assimiler l'idée que je m'en allais vers un je-ne-sais-trop-où, je ne voulais plus partir. Plus du tout. Je montrais des signes de résistance. Inutile. Pourtant, j'y ai pensé, trop souvent. À partir. Mettre fin à ce qui me faisait souffrir à l'intérieur. Croyant que c'était la seule option pour apaiser ce mal de l'âme qui s'était installé dans mon baluchon d'enfant dès mon premier départ vers l'inconnu.

Un jour, une personne très proche de moi, que j'aimais fortement et qui m'aimait tout autant, a décidé de s'en aller avant l'heure et dans la plus grande discrétion, comme si elle n'avait pas le droit d'exister dans toute sa splendeur. Son geste m'avait fait perdre la permission que je m'étais donnée de faire la même chose un jour si le besoin se faisait sentir, à présent que je subissais les effets dévastateurs et irréparables de son acte.

Des croquis

Pour m'apaiser, je me suis mis à faire des croquis, à dessiner ce que je voyais autour de moi pour ne jamais l'oublier. J'ai perdu cette manie à l'âge adulte, mais quand j'ai reçu le diagnostic je m'y suis remis pour adoucir mes jours. Ma fille m'avait offert un calepin recouvert de cuir rouge pour mon anniversaire sans savoir à quel point il allait me devenir utile.

La fin d'un tricot

Pendant mon exil new-yorkais, je suis allé rendre visite à mon père tous les jours, le pleurer et le prier, sans revoir les membres de son autre famille. Le dixième jour, j'ai consulté ma messagerie vocale pour la première fois depuis mon départ de Montréal. Des dizaines de messages attendaient une réponse de ma part. Je n'en avais pas envie. Pas du tout. J'ai commencé par le premier. J'ai été abasourdi de reconnaître les mots de ma tante Mariette.

Paniquée d'avoir à me laisser un message d'une telle importance, elle avait éclaté en sanglots en cours de route et j'en ai perdu l'essentiel. Ses pleurs mélangés aux bruits de la ville rendaient difficile l'écoute. J'ai eu de la misère à déchiffrer la teneur de l'information tant sa voix était inaudible, affaiblie par l'émotion débordante et son âge avancé.

Pour réécouter le message, m'assurer que j'avais bien entendu, j'ai appuyé sur une touche, la mauvaise. J'ai tout effacé par mégarde. Trop nerveux. Je me suis empressé de l'appeler, rassemblant mon courage au passage.

Elle m'a répondu après quelques sonneries, comme elle se plaisait à le faire pour avoir tout son aplomb. Elle a toujours su feindre, mais pas cette fois-là. Elle était vulnérable. Elle avait perdu de son flegme. La dévastation s'entendait maintenant que le bruit avait cessé de camoufler sa voix. C'était très dur de l'entendre de cette manière. Malgré cela, elle s'est ressaisie du mieux qu'elle a pu, elle m'a demandé où j'étais et pourquoi je ne l'avais pas appelée dernièrement. Ma réponse a été vague, ce qui a semblé la satisfaire. C'est à ce moment-là qu'elle a usé de sa bonté légendaire pour m'annoncer l'irréparable.

À l'autre bout du fil, Mariette a fait une pause pour mieux dissimuler son désarroi et pour me laisser le temps d'accuser le coup.

Sa sœur Éva s'était éteinte dans son sommeil. Son cœur avait cessé de battre. De se battre. Le souvenir arraché de sa vie lui avait offert un peu de répit avant de partir. La mémoire avait déjà abandonné l'idée de se souvenir de tout.

Ma mère avait rendu l'âme. Dans la paix. J'ai appris qu'un prêtre, qu'elle connaissait depuis des lustres mais qu'elle ne reconnaissait plus, l'avait aidée. Petit peu par petit peu. Son visage s'était illuminé et la culpabilité l'avait enfin quittée. Il l'avait guidée en ce sens. Parfois, c'est salutaire de ne plus se souvenir.

Mes dernières retrouvailles avec elle, lorsqu'elle m'avait tout raconté d'un coup, deux semaines avant mon départ, l'avaient certainement aidée à se libérer de ses chaînes sans qu'elle s'en rende compte.

J'ai été envahi par une vive émotion qui m'empêchait de poser à ma tante les bonnes questions, comme j'avais l'habitude de le faire dans mon métier.

Ma tante a pris le temps de me donner des précisions sur les dernières heures de ma mère. J'ai appris qu'elle avait terminé un tricot, qu'elle était allée au bout de son travail, ne manquant aucune maille. Elle s'était recroquevillée sous d'épaisses couvertures, les perles d'un de ses chapelets, celui qui avait été béni par le pape, étaient glissées entre ses doigts, et le lecteur de CD laissait flotter la voix d'Aznavour qui chantait *Hier encore* en boucle, ce que je fais aussi quand j'aime une chanson.

Les images de mon passé avec elle défilaient dans ma tête, les plus belles. Un sourire s'est esquissé sur mon visage.

C'est ainsi qu'elle s'en est allée, avec une grande noblesse, une grande simplicité.

Ma mère est partie comme elle avait vécu, avec discrétion.

Ma notoriété portait ombrage à sa tranquillité. Elle s'en plaignait à l'occasion et un jour elle m'a presque exigé de ne jamais parler de notre histoire publiquement car la honte n'avait cessé de l'habiter. Elle n'aimait pas que l'attention soit portée sur elle et que toute forme d'agitation vienne perturber sa routine. Une routine qui était un espace de liberté pour elle.

Elle préférait le silence des églises. Même après son passage chez les Ursulines, elle continuait à se réfugier dans la prière.

Juste avant de raccrocher, j'ai fait la promesse à Mariette qu'elle ne serait pas seule dans cette souffrance qui l'accablait depuis la veille et que j'irais dans la semaine vider la chambre de ma mère et lui rapporter ses effets personnels, le peu qu'elle avait encore. Avant d'entrer dans cette résidence, elle s'était délestée de beaucoup. Le dépouillement, elle connaissait.

La voix de ma tante était teintée de beaucoup d'émotion. Je la sentais démunie et en perte de maîtrise, elle qui avait toujours été en contrôle de tout. Elle a néanmoins réussi à me dire ceci : « J'aimerais que tu voies à tout, c'est ce qu'elle aurait voulu. Tu as voyagé partout, tu es un homme de goût et tu sais bien faire les choses. Je sais que ça sera beau. » J'ai accepté d'y veiller avec Mariette pour m'assurer de me conformer aux volontés de ma mère.

J'ai mis un temps fou avant de terminer l'appel, incapable de l'interrompre, alors qu'elle avait enfin l'occasion de s'exprimer sans la moindre gêne. J'aimais cette femme et je lui étais reconnaissant d'être venue me secourir avant que je me retrouve dans une quatrième famille d'accueil.

La mort d'Éva lui conférait tous les droits, dont celui de s'épancher comme jamais elle n'avait osé le faire. Elle en avait épais sur le cœur et sur la conscience. Elle se sentait en toute confiance. Je l'ai laissée parler sans l'interrompre.

Pourtant, après trois quarts d'heure, j'ai dû finalement raccrocher. Ma tante a compris ma réaction. Le malaise s'était emparé des dernières minutes, je devais me ressaisir si je voulais affronter la suite des événements.

Je suis resté immobile, le combiné du téléphone de la chambre encore accroché à ma main, et de la fenêtre surdimensionnée de l'hôtel je me suis mis à contempler le bouillonnement de New York pour retrouver le vivant en moi.

Deux grosses larmes ont coulé jusqu'à ma bouche. Je les ai avalées, elles chatouillaient mes lèvres. Une autre s'est aventurée, je l'ai interceptée et essuyée avec mes doigts.

Le réservoir de larmes s'était rempli et il allait se déverser d'un moment à l'autre ; plus le temps avançait, plus je prenais la pleine mesure de tout ce que je vivais et de ce que j'avais vécu avec elles, ma tante et ma mère. J'ai accepté le débordement sans résistance.

Après de longues minutes, je me suis lancé de tout mon long sur le lit encore défait, je me suis abandonné dans ce mouvement libérateur et j'ai empoigné l'ensemble des couvertures pour disparaître dans les draps en bambou, emmitouflé sous la couette, d'un blanc crème, comme les murs de la chambre. J'y suis resté aussi longtemps qu'il le fallait.

Qu'est-ce que je pleurais au juste ? La mort de ma mère, celle de mon père ou la mienne, imminente ?

Mon autre mère

Mariette, c'était mon autre mère. Ma mère adoptive. Fille aînée de Cécile Dubois, ma grand-mère bien aimée qui est décédée quand j'avais dix-huit ans, sœur d'Éva, ma mère biologique, et sœur aussi d'Agathe, qui s'était un peu éloignée de la famille après la mort de sa mère, mais qui avait fini par y revenir, le temps n'ayant pas eu raison de son attachement. Le lien qui unissait les trois sœurs était resté intact.

Mariette était la veuve de Georges Dubreuil, celui qui a été mon père adoptif, qui aura tout fait pour que je devienne son fils alors que je ne me suis pas souvent donné l'occasion de l'être. Depuis le passage de M. Surprenant dans ma vie, j'avais eu de la difficulté avec la figure paternelle. Georges Dubreuil, je ne l'ai jamais appelé « papa ». Mais à sa mort, du haut de mes trente ans, j'ai éprouvé des regrets de ne pas lui avoir facilité la vie, de ne pas l'avoir laissé jouer son rôle de père. C'était un homme bon qui a dû accepter les décisions de son épouse sans en critiquer les fondements.

Mariette a suivi mon parcours dans les différentes familles d'accueil sans dire un mot à personne, surtout pas à sa sœur Éva.

Quand j'ai eu neuf ans, au moment où la maison des Rivard a dû fermer ses portes aux enfants illégitimes, qu'on appelait alors des « bâtards », Mariette a été prise de remords. Elle m'a adopté. Elle a fait accélérer les procédures, de connivence avec une religieuse puissante avec qui elle avait gardé le contact depuis ma naissance secrète. Ce qui a permis mon arrivée rapide dans la demeure des Dubreuil.

Il a fallu des années de cachotteries avant que la vérité éclate au grand jour. À l'aube de mes dix-huit ans, à quelques jours de la mort de ma grand-mère adorée, Mariette a enfin dévoilé à sa sœur Éva que j'étais l'enfant dont cette dernière avait accouché et qu'elle avait déposé à la crèche Saint-Vincent-de-Paul. Un abandon qui avait été une délivrance pour Éva.

Dans les jours qui ont suivi, j'ai appris à mon tour la vérité entourant ma naissance et l'identité de ma mère. Éva, elle, a eu un choc en apprenant que j'étais l'enfant qu'elle avait rejeté. Le passé venait de la rattraper. L'embarras aussi. Pour moi, qui avais toujours voulu savoir qui était ma mère biologique, c'était une bénédiction.

Ma tante, contrairement à ma mère, avait voulu être mère. Elle avait été éprouvée par la douleur de perdre un enfant en cours de grossesse. C'était pourtant elle qui avait convaincu sa sœur d'aller terminer la sienne à l'abri des regards et des jugements. Elle lui avait fortement conseillé de fuir leur village natal et d'effacer toute trace de ma vie dans sa vie, après l'accouchement.

Elles devaient ne plus jamais revenir en arrière. Pourtant, Mariette y est revenue le jour où elle est allée me chercher pour faire de moi son enfant adoptif, et Éva, le jour où elle a tout su, alors qu'elle venait de quitter les ordres.

Mariette avait accepté la décision de sa sœur de reprendre une vie normale, et elle était admirative, sans jamais le lui dire, de l'audace d'Éva de décider de sa vie. Elles appartenaient toutes les deux à une génération de soumises.

J'en ai voulu à mes deux mères d'avoir laissé ce mensonge s'immiscer parmi les vérités, ce qui m'aura fait douter de toutes leurs vérités. Je ne les ai plus jamais crues. Plus on sait, plus on doute.

À partir de ce jour de révélations, nous avons convenu que j'appellerais Éva « maman », et Mariette, « ma tante ». Histoire de rétablir l'ordre des choses.

Alors que l'une des sœurs avait poursuivi une vocation de mère avec moi, l'autre avait vécu avec la culpabilité d'avoir enfanté en devenant sœur. Celle-ci se sentait emprisonnée par son péché.

La cachotterie était finalement devenue trop lourde à porter pour les deux sœurs, alors que leur mère avait elle aussi découvert la dissimulation. Tout comme ses filles, elle avait préféré se taire et feindre la vie normale.

Le mensonge était générationnel dans cette famille.

J'ai aimé ma grand-mère plus que ma propre mère, plus que ma mère adoptive. Dès mon arrivée chez les Dubreuil, c'est sur elle que j'ai jeté mon dévolu. Nous nous sommes reconnus immédiatement, j'avais l'impression qu'elle me connaissait mieux que quiconque, même mieux parfois que moi je me connaissais. Je passais mes journées chez elle, je buvais ses paroles remplies de sagesse.

Je l'ai aimée jusqu'à la fin, et c'était la fin du monde de la perdre.

Le retour au bercail

Mon sommeil avait été ponctué de cauchemars répétitifs. Mon réveil en était affecté, il s'est étiré sur la longueur même si le temps pressait. J'aurais voulu que la nuit ait effacé ce que j'avais entendu, que tout cela n'ait été que le fruit de mon imagination fertile. Mais non.

J'allais devoir quitter mon père pour enterrer ma mère. Étrange sensation. Tout orchestrer pour que ce soit impeccable. Les dernières volontés de ma mère étaient formelles et j'allais m'appliquer à faire ce qu'elle souhaitait dans les détails les plus précis. Elle voulait que rien ne dépasse, même morte.

J'allais m'exécuter avec la précision d'un métronome même si mon cœur était estropié par la peine. J'étais devenu orphelin le temps d'un appel. L'émotion est revenue à la gorge, plus violente que la veille, mais j'ai réussi à la dompter, comme je savais bien le faire parce que le raisonnable était fort chez moi.

L'idée de revenir dans mes occupations, que j'avais fuies, augmentait mon déséquilibre, et mon corps se nouait alors que, les derniers jours, les douleurs avaient été plus espacées, presque inexistantes. Le fait d'affronter le public et de reprendre mon habit d'animateur était sans intérêt pour moi.

J'ai ramassé toutes mes affaires, que j'avais rangées avec une attention particulière et une méticulosité côtoyant l'obsession, comme j'avais l'habitude de le faire quand j'arrivais dans un nouvel endroit, pour que je retrouve vite mes repères.

J'ai regardé New York droit dans les yeux, à travers la fenêtre que j'avais ouverte toute grande pour entendre le bruit et étourdir mon trouble, je lui ai promis de revenir élucider le mystère entourant la vie de mon père. J'avais pris soin de noter la plaque d'immatriculation de la limousine qui avait conduit les deux femmes au cimetière. Mon besoin n'allait pas s'arrêter là.

J'étais à quelques pas de franchir la porte d'entrée de cet hôtel majestueux quand je me suis rappelé que je n'avais pas écouté tous mes messages. Mon ancienne messagerie devait être saturée depuis l'annonce du décès de ma mère dans les médias. Je n'avais pas le cœur à entendre les vœux d'usage. J'avais plutôt envie de rouler, rouler sans jamais m'arrêter, comme quand l'angoisse tente de me rattraper. C'est ce que j'ai fait.

J'ai roulé sans musique, et seul le bruit des pneus sur la chaussée mouillée cassait la monotonie de la route linéaire.

En rentrant chez moi, je ne reconnaissais plus vraiment le lieu survolté que j'avais quitté plus tôt. Ma maison me paraissait beaucoup plus grande, le vide avait élu domicile, mes plantes avaient soif.

J'avais peur d'affronter les gens. J'allais devoir leur mentir sur mon état de santé alors que j'ai une sainte horreur du mensonge.

J'ai regardé autour de moi. Tout était à la même place, mais plus rien n'était pareil. Ça sentait la fin. J'ai tout laissé en plan. Je me suis empressé d'aller voir Mariette chez elle pour convenir des derniers détails des obsèques de ma mère, comme elle me l'avait demandé.

Le chagrin s'était dessiné sur son visage, mais elle était heureuse d'enfin me retrouver. Elle m'a pris dans ses bras, elle m'a serré contre elle comme jamais auparavant. Elle m'a demandé de mes nouvelles, puis elle m'a embrassé en retenant ses sanglots. Elle s'est mise à m'observer d'un regard soucieux, comme si elle savait quelque chose. J'ai fermé les yeux pour qu'elle ne puisse y lire davantage. Je ne voulais pas qu'elle devine ce que je cherchais à lui dissimuler.

Dès la première embrassade chaleureuse, une pensée m'est venue à l'esprit : Mariette allait-elle redevenir ma mère maintenant que j'allais mettre en terre celle qui m'avait enfanté ?

Les funérailles

Les funérailles de ma mère devaient être célébrées dans la plus stricte intimité cinq jours après son décès. C'était son souhait. Pas d'annonce dans la rubrique nécrologique du journal, ni sur les ondes de la radio locale. Une poignée d'intimes. Sa famille immédiate. Des religieuses qui avaient servi avec elle, seulement celles qui ne lui en voulaient pas d'avoir quitté l'habit monastique. Quelques quidams du village qui ont profité de la cérémonie pour se recueillir.

Puis j'ai pris la parole pour rendre hommage à cette femme mystérieuse qu'était ma mère en sachant très bien qu'elle n'aurait pas voulu que j'en dise trop. Mais c'était plus fort que moi.

« Ma mère a passé sa vie à croire qu'il valait mieux servir son Dieu et les autres plutôt que de s'offrir du bonheur, elle croyait qu'elle ne méritait pas qu'on s'attarde à sa petite personne. Pourtant, c'était une femme qui avait de grandes qualités dont la loyauté, la générosité et le sens de l'engagement. Elle était habile de ses mains. Tout ce qu'elle faisait était beau. Je l'entends me souffler : "C'est assez, Olivier." Mais pour moi, il est important de lui dire que je l'aimais et que je l'aimerai toujours. »

Ces mots ont suffi à éveiller en moi des sentiments contradictoires, un déclenchement de nostalgie mêlé à une forme de libération. Ma mère ne serait plus prisonnière de la vie.

Une soprano accompagnée d'une harpe est venue chanter l'*Ave Maria* de Schubert, elle nous a transportés de sa voix céleste.

Une cohorte de journalistes s'étaient massés aux abords de l'église. Ils épiaient. Ils faisaient leur travail. Alors qu'on avait tout fait pour les envoyer sur une autre piste.

Ils m'ont mitraillé de leurs appareils photo. J'ai cherché du regard une sortie de secours, pour me préparer à m'en servir.

J'ai à peine salué les gens. Je savais que mon tour arriverait.

Ce qu'il reste de nous

Arrivé devant la porte de la chambre de ma mère, après avoir traversé un long couloir éclairé par des néons impersonnels et froids, incapable de surmonter ma tristesse, je suis resté prostré pendant de longues minutes à attendre qu'elle passe. J'ai attendu.

J'allais pénétrer dans son espace sans sa permission, comme un voleur. J'étais hésitant. Il était grand, le mystère de ma mère. Mais il fallait bien que je libère les lieux. La vie a horreur du vide. Elle a tendance à vite le combler pour s'assurer que les affaires continuent alors que moi j'étais en mode arrêt.

Je suis enfin entré dans cette pièce qui avait conservé son odeur, où elle avait poussé son dernier soupir. Seule, comme elle aimait être. Chaque centimètre me rappelait ma mère. Son obsession de l'ordre et de la propreté était une évidence, sa mémoire ne la lui avait pas supprimée.

La pluie et la boue avaient souillé le beau lustre de mes chaussures en cuir verni noir, que j'avais achetées pour cette occasion. Je les ai déposées sur le paillasson.

Je m'y suis promené avec une lenteur inhabituelle. Je ne voyais plus les objets de la même manière. Comme ma mère n'y était plus, je pouvais m'attarder aux moindres insignifiances. Tout prenait son importance.

J'ai ouvert les portes de sa penderie, c'était la première fois, quelques vêtements y étaient suspendus. Mes doigts ont effleuré les tissus. Les vêtements avaient été rangés avec soin selon la couleur. Chaque couleur représentait une occasion. La prédominance du gris et les encolures sévères de ses chandails laissaient entrevoir son passé de religieuse. Elle avait tout bien aligné.

Quelqu'un a frappé à la porte, c'était un préposé. Je l'ai fait entrer. Il s'est présenté, Antoine. Il m'a remis une valise égratignée par le temps, dans laquelle était rassemblée la correspondance que ma mère avait entretenue avec mon père.

« Éva m'a demandé de vous confier ceci », a-t-il dit.

J'ai tressailli en touchant au cuir vieilli. Le contenu de la valise m'intriguait déjà, j'ai pensé que je pourrais lire les lettres sur la tombe de mon père quand j'y retournerais.

Quand est venu le temps de défaire le lit, j'ai été étonné de constater qu'elle avait fait insérer une feuille de contreplaqué entre le sommier et le matelas, avec l'aide du préposé, ai-je appris de la bouche du trentenaire, encore remué par l'absence de ma mère. Elle en avait fait son complice des dernières années. Antoine savait tout de ma mère. Moi, rien.

Quand j'ai soulevé le matelas, j'ai vu une bonne centaine de Post-it agrippés au bois du contre-plaqué pour que les mots de ma mère ne s'envolent jamais, comme sa mémoire l'avait fait. Son sens du rangement des choses bien faites était manifeste. Désarmant, presque. En parcourant vite du regard l'ensemble des papiers, tout remué, j'ai compris que chaque couleur représentait quelque chose. Le rose était pour elle, le bleu pour mon père. Le vert était pour moi. J'ai tout photographié, pour pouvoir les disposer dans le même ordre le moment venu. Je les ai décollés un par un, certains étaient plus coriaces que d'autres, puis je les ai rangés dans une boîte étanche que j'ai refermée aussitôt. Pour que ne se perde pas la saveur de ces bouts de papier qui ne demandaient qu'à être lus.

Ma mère m'avait laissé des traces de son passé, comme un parcours initiatique à entreprendre, pour que je puisse m'en souvenir, sachant que sa mémoire avait flanché. Je n'ai pas voulu prêter une attention particulière aux détails. Je voulais garder cette lecture pour plus tard, pour New York, où j'allais bientôt me rendre à nouveau.

J'ai invité Antoine à s'asseoir et à me parler de ma mère, la nostalgie aidant. Nous avons pris un moment ensemble pour nous connaître davantage et nous parler d'elle.

Cela faisait quatre ans qu'il s'en occupait ; il la traitait comme une reine, elle le traitait comme son valet. La maladie lui avait fait perdre ses inhibitions et sa véritable nature s'était révélée, celle d'une femme intransigeante au cœur tendre. Il s'était pris d'affection pour Éva, elle lui rappelait sa propre mère, qu'il avait perdue trop tôt. Comme j'avais l'impression qu'il s'était tenu avec trop d'enthousiasme à la disposition de ma mère, j'étais un brin suspicieux à son endroit, mais le récit de ses gestes de serviabilité a fini par dissiper mes doutes et apaiser ma nature de rival. Il lui arrivait à l'occasion de lui tenir compagnie en se berçant avec elle, tandis qu'elle s'acharnait sur un tricot avec une ténacité mécanique, ne voulant échapper aucune maille, car l'habitude avait eu raison de sa mémoire.

Les autres résidents s'étaient montrés incommodés par cette proximité, qui suscitait de la jalousie, m'a dit Antoine. Au début, les regards fouineurs portés sur ma mère l'avaient indisposée, elle qui avait une grande aversion pour les commérages, mais elle s'en était libérée, son état l'ayant contrainte à faire fi de tout.

Juste avant de partir

J'ai fermé la porte derrière moi. Je ne la franchirais plus jamais. J'ai laissé l'odeur de la sauge se répandre dans cette minuscule chambre que ma mère occupait depuis cinq ans. La sauge lui donnait un parfum de vieille église, comme celui de l'encens, et s'affairait à en nettoyer l'énergie. Il n'y avait dans cet espace plus rien d'elle, seul le vide laissé par son absence.

Le peu de choses lui ayant appartenu étaient maintenant en ma possession, entassées sur un chariot. J'allais devoir en disposer à ma guise en tenant compte de ses volontés. Les objets, les bibelots, les meubles et les vêtements allaient être remis à ma tante Mariette. La correspondance entre mon père et ma mère, les nombreux Post-it multicolores et les chapelets en bois d'olivier, je les conserverais jalousement pour moi. Personne ne découvrirait ces trésors, sauf après ma mort. Mariette en héritera.

Debout devant la porte fermée, fraîchement repeinte, j'ai humé l'encens qui se faufilait depuis l'embrasure mal isolée. Il y a eu un moment où il a bien fallu que je tourne la page. J'ai pris une grande inspiration pour me donner l'élan de quitter ce lieu. Puis j'ai poussé de toutes mes forces sur le chariot, quatre énormes roues sur lesquelles reposait le petit monde de ma mère.

Je me suis dirigé vers le hall d'entrée, le cœur brisé. Les larmes devaient défigurer mes traits. Tout le long du trajet, j'ai tenté de camoufler mon visage derrière le matelas du chariot, pour éviter qu'on remarque mes épanchements. J'ai tout de même échangé de courtes salutations avec les passants qui m'ont reconnu.

Soudain, j'ai vu une dame qui s'avançait vers moi d'un pas hésitant. Elle me fixait pourtant d'un regard assumé, teinté de bienveillance et d'un peu de pitié. Elle semblait prête à entamer la discussion avec moi, alors que je ne cherchais qu'à m'en aller. Je me demandais qui elle pouvait être. Pourtant, son regard m'était familier. Elle est restée en plan devant moi, telle une courageuse, comme pour m'inviter à la reconnaître.

Malgré le temps qui avait fait ses ravages sur son corps et laissé des rides bien incrustées sur son visage, j'ai reconnu la plupart de ses traits ; mais c'est le son de sa voix qui a trahi Mme Surprenant.

Les souvenirs de la vie avec elle me sont revenus intacts, douloureux, difficiles. Déjà mis à l'épreuve, mon cœur a chaviré.

Je me suis arrêté brusquement, effaré. Je ne parvenais pas à croire qu'elle s'approchait de moi tout doucement, le dos courbé par le poids de ce que lui avait fait endurer son mari, M. Surprenant, pendant tant d'années. À l'instar de ma mère, elle connaissait la soumission. L'humiliation en sus.

Étrange situation ! Au moment où j'allais mettre en terre les cendres de ma mère, le passé déterrait cette femme qui aurait pu devenir ma mère adoptive si la violence de son époux ne s'était pas abattue sur elle telle la foudre. Monsieur était si imprévisible et ses accès de colère, si fréquents. Il éprouvait un malin plaisir à me mettre aux premières loges pour que j'assiste au déploiement de sa brutalité à l'endroit de sa pauvre femme. Elle se laissait faire.

Je n'ai jamais pu réparer ce qu'il avait cassé en moi, mais je me souviens encore de ma volonté de lui tenir tête, alors que je n'avais que sept ans. Mon refus de céder à son regard brutal le rendait encore plus révolté. Je n'avais jamais compris comment il fallait marcher droit sur les planchers minés de cette maison retirée dans les bois. À la moindre occasion et à tout moment, cet homme pouvait exploser.

Là, sa veuve m'a regardé droit dans les yeux et a commencé à parler d'une voix chevrotante.

« Mon petit homme, c'est toi... Olivier... que je vois à la télévision. Je n'ai pas manqué une seule de tes émissions. Je suis fière de ce que tu es devenu. Tu sais, j'aurais tant aimé te garder avec moi. Je n'ai pas eu la force de te défendre. J'ai été lâche, mais j'espère que tu accepteras de m'excuser pour tout le mal que mon mari t'a fait subir. Pardonne-moi de n'avoir rien fait pour te protéger de lui. J'avais peur. J'avais peur qu'il te fasse mal. Je voulais calmer le feu en lui pour éviter qu'il s'emporte et qu'il te tue, qu'il nous tue tous. Tu sais, après ton départ précipité vers une nouvelle famille, son orgueil a été atteint. Quand le travailleur social et sœur Noëlla sont venus te chercher et qu'ils l'ont défié devant tout le monde, ça l'a anéanti. Ce jour-là, il a perdu de sa grandeur et de son emprise sur moi. Il ne m'a plus jamais violentée. Je n'ai plus accepté qu'il hausse le ton avec moi. Et la bête en lui s'est tue, et il n'est jamais complètement sorti d'une dépression profonde. Je suis restée avec lui jusqu'à la fin. Je voulais le sauver alors que j'aurais dû me sauver. Il est mort il y a quelques années. Je sais que tu vas trouver ça étrange, parfois il me manque. »

Elle a ouvert les bras et me les a tendus pour que je dépose ma tête contre sa poitrine, comme j'aimais le faire quand Monsieur avait fini ce qu'il avait à faire et que je me retrouvais seul avec elle. Elle a caressé mes bouclettes du bout des doigts. J'ai reconnu son parfum floral aux odeurs bien distinctes, dont le jasmin, qu'elle déposait au compte-gouttes sur sa peau meurtrie.

Elle m'a raconté que sans la fidèle présence d'Adrien Lafleur, l'homme à tout faire d'avant, dans sa vie, elle aurait été seule. Ses deux garçons étaient partis travailler dans le Grand Nord canadien, elle ne les avait plus revus et ils donnaient rarement de leurs nouvelles. Les relations étaient plutôt tendues entre eux. Sa fille, avec laquelle elle avait un lien tissé serré, quant à elle, s'était expatriée au Japon pour se lancer dans la création de linge de table. Elle qui rêvait, petite fille, d'aller vers la grande ville et de devenir quelqu'un, elle avait réalisé son rêve.

La discussion a pris fin. Je n'éprouvais pas le besoin de la poursuivre, de ressasser ce passé qui était mort depuis longtemps. Je l'ai saluée gentiment et j'ai repris mon chemin dans le corridor étroit, poussant mon chariot vers ma voiture. Je ne lui ai pas promis de revenir. Tout avait été dit.

À partir de ce samedi après-midi du mois de juin où tout avait été gâché et jusqu'à l'âge adulte, j'ai toujours insisté pour passer sous silence mon anniversaire.

Je venais d'avoir huit ans. J'avais quitté la violence des Surprenant pour la gentillesse des Rivard, une des familles d'accueil où je m'étais réfugié avec d'autres rescapés de l'enfance.

Au moment de formuler mon vœu devant le gâteau de fête, j'ai hésité. Je voulais choisir le meilleur. Celui qui serait le plus important pour moi, que j'entretiendrais secrètement. J'ai mis un temps fou. Alors que je réfléchissais, les chandelles se consumaient. La cire a fini par couler sur le gâteau avant que j'aie prononcé un seul mot. Un gâchis.

C'était vraiment la poisse. On avait tout prévu pour que la journée soit parfaite, mais je n'ai pas soufflé à temps les chandelles et, pour finir, mon ami Sylvain est mort sous mes yeux.

Célébrées plus tard, ses funérailles ont été si intenses pour nos cœurs d'enfants déjà abîmés que j'ai nourri ma peine aussi longtemps qu'il a été possible de le faire.

Pendant un certain temps, j'ai cru que c'était moi qui avais porté malheur aux Rivard. Paul, Sylvain et moi formions un trio inséparable. Nous partagions la même petite chambre au toit mansardé. Deux puits de lumière offraient l'horizon à nos regards innocents.

Nous nous sommes liés par un serment sur l'honneur. Chacun allait veiller sur les autres, peu importe ce qui surviendrait dans nos vies. Ce jour d'anniversaire, notre promesse a volé en éclats.

Quelques jours plus tard, les Rivard ont dû mettre fin à leur vocation de famille d'accueil, ayant été accusés à tort de négligence ayant causé la mort d'un enfant.

Je n'oublierai jamais la journée des adieux, où chacun d'entre nous a vu son destin changer. Nous ne nous sommes plus jamais revus. Sauf dans mes souvenirs, que je voulais conserver en les nourrissant comme des poissons argentés dans un aquarium.

Depuis ce temps, il m'arrive souvent de parler à Sylvain pour lui confier mes petits chagrins, qui s'envolent aussitôt, le temps et le vent aidant. J'ai l'impression qu'il veille sur moi.

À mon douzième anniversaire, j'étais chez les Dubreuil, et j'ai cru que je pouvais le célébrer sans craindre de porter malheur à qui que ce soit. Mes amis avaient entamé le traditionnel *Joyeux anniversaire* et les chandelles brillaient de tous leurs feux sur mon gâteau aux carottes à trois étages, recouvert d'un glaçage abondant au fromage à la crème, que mon amie Line s'était appliquée à confectionner, quand mon oncle Edward a commencé à pousser des cris déchirants. Il m'a brisé le cœur. Ses agissements me rappelaient ceux de M. Surprenant. Un frisson de terreur m'a parcouru l'échine.

Y avait-il chez Edward une intention soudaine de détruire le bonheur d'un enfant rempli de candeur ?

Ses cris ont ébranlé toute la maisonnée, faisant fuir les convives à une vitesse déroutante. Seul Mario, mon meilleur ami, est resté comme un brave soldat. Voulant mener à bien sa mission coûte que coûte, il a poursuivi sa marche du salon à la cuisine en transportant le gâteau. Alors qu'il tentait de garder l'équilibre, la peur s'est emparée de lui, la transpiration a rendu ses frêles mains moites. Il a laissé malencontreusement échapper le plat sous mon air ahuri. L'assiette en cristal de ma grand-mère s'est fracassée sur le vieux carrelage de la cuisine. Le gâteau s'est effondré sous la force de l'impact et les chandelles se sont éteintes. Leur odeur et celle du sucre brûlé ont embaumé la pièce.

Mario s'est assis par terre, incapable de réfléchir. Je suis resté seul avec lui, entouré de ballons multicolores, pendant que mes parents adoptifs cherchaient à maîtriser les brusques éclats de mon oncle.

À partir de ce jour, je n'ai plus jamais voulu qu'on fête mon anniversaire, encore moins qu'on me fasse faire un gâteau pour la circonstance.

Mais à dix-huit ans, j'ai voulu conjurer le sort. Comme je m'en allais dans la grande ville dans le but de la conquérir, je ne voulais pas traîner cette croyance dans mes bagages. J'ai célébré comme il se doit mon passage au monde adulte, et tout s'est déroulé sans incident.

Opération survie

Il arrive qu'on ait tellement besoin de s'accrocher à ses certitudes qu'on demeure dans le déni de ce qui est sous nos yeux et de ce qui est en train de nous arriver. C'est un mode de survie qui en vaut bien d'autres. C'est le mien.

La vie

J'étais assis dans un chouette petit restaurant de sushis végétariens dans la partie historique de la métropole, accompagné de ma fille, Jasmine.

Nous nous étions peu vus depuis mon retour en ville. Tout ce qui entourait la mort d'Éva avait pris beaucoup de mon temps et de mon énergie. Je voulais que ma mère soit fière de moi de là-haut quant à l'exécution de ses volontés, très simples mais tellement importantes à ses yeux.

Ce soir-là, j'ai eu envie de me confesser à ma fille, de lui apprendre l'existence de la bombe à retardement lovée dans mon corps, qui allait exploser dans quelques semaines. Au final, j'ai préféré me taire et j'ai ri aux éclats, anormalement, avec elle.

Puis il y a eu ce moment où, alors que je croyais maîtriser la situation, Jasmine m'a lancé sans préambule, avant d'entamer sa soupe de miso au tofu : « Ça va, Minet ? Tu me le dirais si ça n'allait pas ? J'ai le sentiment que tu me caches quelque chose. »

J'ai tenté de la rassurer de mon mieux, mais ses yeux n'étaient pas dupes. J'ai compris que ma manœuvre d'évitement avait échoué en voyant son air inquiet et sceptique. J'ai essayé de m'éloigner de la vérité en m'intéressant encore plus à elle, comme je le fais quand on me prête trop attention. J'ai partiellement réussi.

Plus tard, le serveur est arrivé avec une île flottante pour deux et j'ai remarqué une minuscule poupée sur le dessus. Je l'ai trouvée amusante sans y accorder d'importance particulière. J'ai cru naïvement que cet objet faisait partie de la présentation du dessert, jusqu'au moment où ma fille a saisi la figurine en pâte d'amande et me l'a tendue, le sourire aussi large que son visage. Elle m'a annoncé alors, avec une fierté bien évidente et sous les yeux des curieux assis à la table voisine : « Tu seras grand-père d'une petite fille dans quelques mois. Nous allons l'appeler Éva Gabrielle en mémoire de grand-maman. »

Au lieu d'être envahi par la joie, c'est le chagrin qui s'est emparé de moi, avec violence. Mon cœur s'est rempli de tristesse, ma voix s'est étouffée de sanglots. Je n'ai pas su choisir les mots adéquats pour la circonstance, le bonheur tangible de ma fille m'avait fait l'effet d'une douche froide.

J'ai été secoué par d'immenses bouffées de chaleur au point où j'ai dû feindre l'enthousiasme. Sa perspicacité me faisait redouter le moment où j'allais devoir passer aux aveux.

Peu à peu, des mots ont émergé, j'ai oublié lesquels. Les premiers ont accompagné les verres de saké chaud que j'avais commandés. J'étais détendu. Devant la mine stupéfaite de Jasmine, j'ai tenté de me ressaisir, de me comporter en père, d'articuler une phrase complète pour lui exprimer mon admiration et mon amour. Elle a mis ma réaction inappropriée sur le compte de la mort de sa grand-mère et du choix de prénom du bébé. Évidemment, ma réaction tenait plutôt au fait que je ne verrais jamais son enfant, ma petite-fille.

J'ai continué à boire du saké pour noyer ma douleur, alors que Jasmine a préféré célébrer l'annonce à l'eau minérale. Elle était radieuse comme jamais, elle portait la vie. Moi, j'étais triste comme jamais à l'idée que je n'allais plus jouir de toutes les facettes de la mienne.

Il y a eu un moment, assez tôt dans la soirée, où j'ai embarrassé ma fille en chantant comme une casserole *Mi Sei Venuto a Cercare tu* d'Alessandra Amoroso, dans un italien très approximatif. Jasmine voulait se fondre dans les murs en stucco beige du restaurant. Telle sa grand-mère Éva, elle exigeait que rien ne dépasse, que tout soit parfait. Ce soir-là, j'ai été parfaitement imparfait à ses yeux. Son regard était réprobateur, mais je savais comment la faire rire au moment où le tragique risquait de poindre. Quelques minutes plus tard, elle a été prise de fou rire après que j'eus essayé à trois reprises de lui raconter comment je l'avais sauvée de la noyade aux îles Turquoises. Une histoire qu'elle connaissait par cœur, car l'exploit avait été un de mes brillants faits d'armes, un souvenir que j'aimais évoquer quand je voulais qu'elle comprenne l'importance vitale qu'elle avait toujours eue pour moi.

Son sourire était ravageur lorsqu'elle laissait tomber sa rigueur et son exemplarité. Elle a été raisonnable avant d'avoir l'âge de l'être.

J'ai demandé l'addition, je l'ai réglée en un rien de temps, le temps de déguerpir de ce restaurant, où j'ai célébré la plupart de mes victoires sur la banquette du fond, à l'abri des regards indiscrets. Ce soir-là, j'avais du mal à célébrer.

J'ai serré ma fille dans mes bras, senti son cœur qui battait maintenant pour deux. J'ai reconnu l'odeur de vanille dans sa chevelure abondante noir d'ébène, une odeur de son enfance. J'ai fermé les yeux, humé le parfum du shampoing pour le garder en mémoire pour toujours, c'était comme humer le bonheur.

Jasmine m'a proposé plusieurs fois de me reconduire chez moi, mais je préférais prendre l'air et marcher pour oublier, oublier tout. J'éprouvais le besoin de faire le ménage dans mon monde intérieur, où régnait la confusion.

Je l'ai quittée sur le trottoir aux abords du stationnement où elle s'était garée, en lui promettant de revenir la voir lorsque je serais de retour de voyage. Elle a esquissé un sourire avant de s'engouffrer orgueilleusement dans sa Porsche Boxster décapotable, me faisant un clin d'œil et me soufflant un baiser.

Depuis qu'elle avait lancé sa ligne de vêtements, elle avait su se distinguer, y compris à l'étranger. Son œil d'esthète et son sens des affaires pour le commerce en ligne avaient fait de son nom une marque de prestige. Sa force de caractère faisait en sorte qu'elle ne se laissait intimider par personne. Mon cœur était plein à craquer tellement j'étais fier d'elle.

Marcher

Cette nuit-là, j'ai marché dans un Montréal presque désert. Seuls les lampadaires me guidaient. Je les regardais du coin de l'œil pour me rappeler l'itinéraire, mais mon sens de l'orientation n'était plus tout à fait fiable, ma vue étant embrouillée par une consommation exagérée de saké.

Ma démarche titubante ne laissait planer aucun doute sur mon état, malgré les énormes efforts que je faisais pour maintenir un certain équilibre et éviter de perdre la face. Je portais une casquette noire, l'ombre de la palette recouvrant une partie de mon visage tordu par la fatigue, l'alcool et le sommeil agité de la veille. Les quelques passants qui croisaient ma route, étonnés de me voir vagabonder à cette heure tardive, me saluaient discrètement avec un sourire entendu.

J'ai été effrayé lorsque je me suis vu dans une vitrine, je n'étais plus moi-même. Je me suis donné de gentilles petites claques sur le visage afin de créer un semblant de bonne mine. Pour éviter que l'ivresse me terrasse, je me suis mis à marcher d'un pas de plus en plus rapide, sans m'arrêter, fixant le sol qui semblait se dérober sous mes pieds tant ma peine était lourde. J'ai marché dans l'obscurité en cherchant la lumière. Je me suis rendu au lever du soleil plus décidé que jamais, accompagné de la voix chérie de la chanteuse Alessandra Amoroso. C'était le jour où j'allais tout quitter.

La fin des choses

J'ai rangé ma vie comme on range une maison. Entre autres trouvailles, je suis tombé sur le dessin d'un ciel étoilé que Sylvain et moi avions fait. Il m'a rappelé que, même enfants, nous savions rêver en silence, puis croquer ces rêves sur papier.

Ce matin-là, j'ai pris la décision de tout quitter. L'envie de le faire me tracassait depuis longtemps. Je pensais que je n'avais pas ce qu'il fallait pour oser dévier de ce que je croyais être mon destin. D'aussi loin que je me rappelle, je vivais dans l'espérance d'être dans ce téléviseur qui m'avait tant réconforté. Je voulais compter pour quelqu'un, pour celle qui m'avait donné la vie. J'ai attendu que son regard attendrissant se pose sur moi un jour, qu'elle me témoigne de sa fierté, et ce n'est jamais venu. À quelques intimes, elle partageait parcimonieusement son bonheur de voir mon travail public, mais jamais avec moi. Elle ne me posait jamais de questions sur ma situation, certainement par pudeur. « J'ai peur que tu te fasses des accroires, que tu te prennes pour un autre », m'avait-elle balancé sèchement après que j'eus été insistant devant son manque d'encouragements.

Elle n'avait pas tort. Il est vrai qu'on peut se perdre dans l'illusion, mais ma sempiternelle lucidité refusait ce genre de mirage, quoique, dans la lueur de la célébrité, les mots prennent d'autres proportions et peuvent ensorceler. On peut aller jusqu'à s'accoutumer aux louanges et retarder la tombée du rideau, par crainte de ne plus jamais les entendre, de ne plus exister dans le regard des autres.

Ma vie avait puisé toute sa valeur dans la reconnaissance sociale, ce qui m'avait empêché de tirer ma révérence plus tôt. Cela aura été un acte irréparable pour certains de mes confrères, qui admirent tout ce qui brille et pour qui ce serait inconcevable d'abandonner la scène. Comme eux, il m'est arrivé de tomber dans ce jeu de perceptions. Mais selon mes amis, on ne quitte pas la gloire, on attend qu'elle nous montre la porte de sortie. On devrait plutôt s'incliner devant elle, la remercier de faire tant rayonner, se préparer à mieux accepter son prochain départ.

Étant donné que le temps qui m'était imparti s'épuisait, moi, je n'avais plus le désir de jouer avec cette fausse compagne. Je me suis fixé de nouvelles règles du jeu. L'échéancier aux allures de fin du monde, auquel je faisais face depuis quelques jours, ne me donnait qu'une seule option : tout laisser tomber, y compris elle.

Parce qu'il en fallait une bonne dose, j'ai pris mon courage à deux mains et j'ai convoqué la haute direction de la chaîne à un appel conférence. Quelques personnes ont prononcé les condoléances d'usage, puis ont exprimé un enthousiasme exagéré à entendre ma voix. Là, sans me laisser entraîner dans des bavardages inutiles, je leur ai appris que je ne signerais pas l'avenant au contrat, que je ne ferais pas une année supplémentaire à l'antenne. Silence. La sueur a commencé à perler sur mon front, je me suis mordillé les lèvres comme si j'avais dit une obscénité. Je suis demeuré abasourdi par l'énormité de mes paroles.

Quand le directeur de la chaîne est revenu, seul, sur la ligne, la voix endommagée par l'émotion, il a d'abord cru que la mort de ma mère m'avait perturbé au point que je manquais de distance face à la magnifique proposition qu'on m'avait faite. Mais il se trompait. La mort de ma mère n'était pas la seule cause de mon chamboulement intérieur, c'était plutôt la mienne, ma mort imminente, qui me préoccupait de plus en plus.

Je n'avais nullement l'intention de lui divulguer quoi que ce soit d'intime. Ni à lui, ni à personne, du moins pour l'instant. Je me suis donc fait un devoir d'aller à l'essentiel et au plus vite. J'ai prétexté que ce départ mettait bien fin à un cycle de vie de vingt ans à reproduire la même chose et que ma décision était sans appel. Il m'a tout de même fait son numéro de charme, en empruntant tous les arguments possibles pour me faire changer d'idée. Il aura tout essayé. J'aurai tout décliné.

J'ai raccroché. Il a bien fallu qu'il se rende à l'évidence. Dans la foulée des échanges, la direction a fini par rédiger un communiqué de presse annonçant mon départ. On avait convenu de la teneur du message. J'ai prévenu ma fille de ma décision avant qu'elle le sache par les réseaux sociaux. Elle m'a avoué qu'il était temps que je prenne un moment pour moi, qu'elle m'aimait pour l'homme que j'étais et qu'elle aurait enfin son père rien qu'à elle.

Comme je l'avais anticipé, les médias se sont gavés de cette nouvelle, ils l'ont passée en boucle pendant plusieurs heures. Les courriels s'accumulaient, sans doute qu'on aurait voulu que je justifie ma décision, mais je me suis épargné de les lire tous. Je me suis arrêté au deux cent unième. Je n'ai pas voulu écouter mes messages, j'avais besoin de faire une pause de mon passé. Un jour, j'irai consulter mon ancienne boîte vocale, ce que je n'ai pas fait depuis que j'ai entendu ma tante Mariette m'annonçant la mort de ma mère.

Je me suis mis à avoir peur de prendre mes messages.

Mes rituels

J'ai un faible pour les habitudes, les manies, les rituels. Pour souligner la finalité qui m'attendait, j'ai procédé à une forme de rite de passage. J'ai d'abord fait mes adieux à l'homme public, le cœur secoué par tant de souvenirs. J'ai pris tous les vêtements en location qui constituaient une grande partie de ma garde-robe d'animateur. Je les ai rangés avec soin, un à un, dans des housses. J'ai plié consciencieusement les chandails et les chemises. Je les ai déposés séparément dans une jolie boîte en carton blanc recouverte de papier de soie orange. C'était un véritable empaquetage d'un temps révolu, du bon matériau pour de futures nostalgies.

Un commis est passé chez moi tout récupérer, j'avais laissé housses et boîte sur la véranda pour éviter la conversation.

Cette première étape franchie, je me suis affalé sur mon vieux divan rapiécé, que j'avais trouvé chez un brocanteur et qui me suivait depuis mes dix-huit ans. Je me suis perdu dans la mélancolie. C'est le luxe le moins dispendieux.

Ma seconde maison

La même journée, un ami de longue date s'est inquiété pour moi. Après des coups de fil et des messages de plus en plus insistants reçus sur mon nouveau numéro, j'ai fini par décrocher le combiné. Il s'est porté volontaire pour aller chercher mes effets personnels restés dans ma loge. Je me sentais dans l'impossibilité de le faire moi-même. J'ai une aversion pour les départs.

Dans cette grande pièce trop éclairée, j'avais aimé allumer des veilleuses, quelques lampes. Les ombres qu'elles projetaient sur les murs me donnaient l'impression d'une moins grande solitude. Ces éclairages tamisés venaient masquer la banalité du lieu et créer une ambiance propice au recueillement avant que je me lance dans le jeu de l'entrevue, soir après soir.

C'était devenu ma seconde maison. J'avais conservé tant de choses, elles s'étaient accumulées au fil des ans. Quelques photos de moi prises avec mes invités ornaient les murs d'un beige incertain. De jolies babioles que le public m'avait offertes étaient entassées sur une étagère instable. De nombreux trophées, la marque du travail bien fait, étaient alignés à l'intérieur d'une armoire vitrée, couverte de poussière.

Durant la dernière année, je n'avais pas pris le temps d'astiquer ces distinctions comme ma mère me l'avait si bien montré. Elle possédait une patience que je n'ai jamais eue.

Depuis que ma mère s'était égarée quelque part dans ses souvenirs, j'avais oublié de dépoussiérer. C'était pour elle que je le faisais, au cas où elle me rendrait visite dans ma loge, ce qu'elle n'a jamais fait. À quoi bon les faire briller maintenant ? Je les remettrais à Mariette.

Mon ami est venu chez moi, un début de sourire aux lèvres, tel un athlète qui a réussi son épreuve. Il s'est fait discret. Il a déposé les boîtes au sous-sol et m'a fait une douce étreinte, sans prononcer un seul mot. Son regard disait tout. Il a laissé derrière lui le cimetière des souvenirs, ayant compris que je n'étais pas d'humeur à converser.

Je suis resté seul, présent à ce que je vivais, entouré par mon passé et obsédé par un avenir qui se rétrécissait. J'avais l'impression de vivre un éternel dimanche.

Le temps des adieux

Ce soir-là, j'ai été un peu lâche. J'ai quitté Jannick, ma compagne des dernières années, sans la moindre explication. Elle n'a pas semblé étonnée de cette fin abrupte. Notre amour s'était effrité de l'intérieur, il ne pouvait plus survivre. Nous étions tous les deux en accord sur ce point.

Avant de lui dire adieu, je l'ai regardée droit dans les yeux et je lui ai dit : « Merci, merci pour tout. » Soudain, ma gorge s'est serrée, ses yeux se sont humectés. Le désir est venu brouiller l'inconfort de nos deux corps endeuillés. Je me suis senti rougir. Mon cœur s'est emballé. J'ai glissé vers elle un regard sans équivoque. Elle a posé tendrement ses lèvres sur les miennes. L'habitude peut parfois nous réconcilier avec tout. Nos langues se sont livrées à une danse folle, alors que mes mains s'étaient emparées de ses hanches. Puis j'ai mis fin à cet appel montant au moment où j'allais la déshabiller une dernière fois. Nous nous sommes calmés lentement.

C'était le baiser du désespoir. Nous n'avions pas à nous faire subir un tel supplice. Il fallait nous quitter pour éviter de nous haïr.

Seul avec la vérité

J'ai fermé à clef. J'ai vérifié dix fois plutôt qu'une que tout était verrouillé. J'ai cette obsession qui m'exaspère et me gruge du temps. Une autre manie.

À ceux qui me demandaient ce que j'allais faire du reste de ma vie, à l'instar de Mariette, avec qui j'avais conversé quelques minutes au téléphone en lui promettant que j'allais revenir très vite, j'ai prétendu avoir besoin de prendre le large. Je n'ai dévoilé ni à elle ni à personne d'autre mon état de santé.

Je me sentais étrangement en forme, moins anxieux. Mes douleurs s'étaient dissipées pour la peine.

Je suis parti de Montréal en pleine nuit pour retrouver le jour à New York.

J'avais réservé au même hôtel que lors de mon voyage précédent. J'y avais laissé mes habitudes.

La vieille valise brune, remplie à craquer de la correspondance de mes parents, était du voyage. Elle était posée sur la banquette arrière de la voiture, enveloppée dans les courtepointes faites des mains de ma mère.

J'étais fin seul avec la vérité de leur amour.

J'ai bu un double expresso au départ pour me permettre de tenir jusqu'à l'arrivée. J'ai passé la moitié de la nuit à revoir ma vie et il s'est fait ensuite un silence qui m'a accompagné jusqu'à la fin de ma route. J'ai contemplé les étoiles filantes dans la noirceur. Une manière d'échapper aux grosses émotions.

Encore une fois, j'ai roulé sans me rendre compte de la longueur du trajet. J'étais juste bien à l'idée de retrouver mon père.

La promesse

J'ai été un enfant à qui on a refusé le privilège des premières années heureuses. Je comptais faire de mes derniers mois les plus beaux de ma vie.

Sa vie en mille morceaux

Quand je suis arrivé à ma chambre d'hôtel, la même qu'avant, j'ai ouvert bien grandes les fenêtres pour humer la frénésie de New York. Une impression de déjà-vu. Je voulais faire entrer un vent de fraîcheur dans cet endroit qui sentait pour la première fois le renfermé. J'ai déposé mes bagages en guise de repères, tel un ancrage dans le moment présent. J'ai accroché au miroir de la commode le dessin qu'on avait fait, Sylvain et moi, pour me rappeler cet ami disparu.

J'ai pris les Post-it de ma mère et je les ai collés sur un des murs, un par un, dans l'ordre où je les avais découverts. Ils me permettraient de relier les fils épars de mon histoire familiale. Sous la grosse lumière du soleil, tout m'apparaissait aussi décodable qu'invraisemblable.

Je me suis mis à les lire l'un après l'autre. Avec étonnement, la colère dans la poitrine, j'ai vite constaté que l'histoire inscrite sur ces bouts de papier n'était pas celle qu'Éva m'avait racontée à propos de mon père biologique. Il s'agissait d'un tout autre homme. Je n'y comprenais plus rien.

J'avais une partie de la vie de ma mère sous les yeux, mais la vie de mon père ressemblait à une énigme. Ma mère aimait les mystères, elle s'en entourait et en magnifiait l'allure. Les lettres allaient certainement m'en révéler davantage, du moins je l'espérais. Avec hâte, j'ai voulu m'y plonger. J'en ai saisi une au hasard et je me suis perdu à essayer de la déchiffrer, d'y trouver un sens.

La lecture de quelques lettres a fini par me convaincre que mon père biologique en était l'auteur. L'homme des Post-it bleus ne l'était pas. L'homme des Post-it bleus, dont elle avait toujours prétendu, à moi et à sa famille, qu'il était mon père.

Je n'avais plus envie de dormir.

J'étais devant un mur de mensonges, que je devais escalader. Ma mère l'avait construit de connivence avec Antoine. Comprenait-il toute sa vérité ou n'était-il que son aide-mémoire ?

J'en ai conclu, peut-être à tort, que les Post-it avaient été disposés sur le contreplaqué par Antoine sous les ordres de ma mère, pour qu'elle se souvienne de tout ce qu'elle avait inventé au fil des ans. Elle devait prendre parfois du temps pour les étudier, pour s'assurer de donner toujours la même version de son histoire à la bonne personne. Quand ses souvenirs ont commencé à s'éloigner, elle s'est terrée dans un silence monastique. Le danger était moins grand de laisser s'échapper quelques grains de vérité. Plus je rassemblais les histoires inventées de ma mère, plus je la voyais sous un autre angle, pas son meilleur. J'en étais presque découragé, mais je l'aimais.

Une âme esseulée

J'ai remis en boucle la chanson *Fix You*, suffisamment fort pour faire taire la rumeur de la ville. J'ai fermé les fenêtres, éclairé de quelques chandelles à la lavande les endroits les plus sombres de la pièce. J'ai jeté un dernier coup d'œil sur le mur de Post-it, et le cœur m'a levé un peu plus que je l'aurais pensé.

Le jour s'étirait. Un rayon de soleil m'a chatouillé et la brise du ventilateur qui roulait à plein régime est parvenue à me rafraîchir le sang.

Je me suis allongé sur le tapis, presque nu, pour presser tout le poids de mon corps épuisé contre du solide. J'ai poussé un long soupir d'exaspération. Comme je n'arrivais pas à me détendre, j'ai allumé un joint. J'ai pris quelques bouffées, un plaisir auquel je ne m'étais pas adonné depuis la fin de ma relation avec Judith, la mère de ma fille. Je me suis laissé griser par cette ambiance et par un élan de nostalgie de la fin des années 1980. Je me suis rappelé les débuts de mes expériences sexuelles et j'ai pouffé de rire lorsque quelques-uns de mes faux-pas me sont revenus intacts à l'esprit. Il y avait longtemps que je n'avais pas ri seul.

À la tombée du jour, le soleil a disparu derrière les gratte-ciel de Manhattan. J'étais encore sous l'effet du cannabis. J'en ai profité pour faire l'ébauche du plan du reste de ma vie, puis des croquis de quelques objets qui ornaient la chambre.

Une partie de moi aurait aimé qu'on me donne la chance de la reprendre, la vie que j'avais parfois oublié de vivre. Une autre partie avait tout simplement abdiqué. Un chapelet de regrets et une série d'actes manqués sont venus me perturber. Inutilement, puisque je ne pouvais plus rien y changer.

J'ai soufflé chacune des chandelles en faisant un vœu, sachant qu'ils n'allaient pas se réaliser. J'ai choisi la chanson *Magic*, toujours de Coldplay. J'ai tiré les couvertures au sol, je me suis étendu sur le plancher en bois franc en m'enveloppant dans les draps de bambou. J'ai posé ma tête pleine sur l'oreiller léger en plumes d'oie et j'ai fermé mes paupières lourdes. Une larme a effleuré mon nez, je me suis endormi sans l'essuyer.

La flânerie

Le lendemain matin, je suis allé me promener dans New York. Plongé dans son cœur, je le sentais battre. J'aimais déambuler incognito dans cette ville démesurée, où chaque centimètre est occupé, le regard bien haut, le corps bien droit, pour que la terre qui a porté mon père me porte.

La flânerie n'était pas seulement exquise, elle était d'une grande utilité. Le matin, j'étais avec mon père, l'après-midi, je poursuivais mes recherches dans Internet et, le soir, je contemplais le ciel à la recherche d'étoiles, comme j'ai toujours aimé faire quand mon cerveau s'agitait dans tous les sens.

Cela m'aura pris toute ma vie pour comprendre que mes rituels idiots m'aidaient à vivre.

Sur la tombe de mon père

Le premier matin, je me suis assis sur le gazon fraîchement tondu. J'ai regardé le ciel pommelé. J'ai récité un *Notre Père* en pensant au mien qui était là, enseveli sous la terre humide. J'ai choisi au hasard les lettres que j'allais lui lire à voix haute, tandis que les bruits de la ville se faisaient de plus en plus présents. J'éprouvais un désir féroce, insatiable, d'entrer dans leur monde pour comprendre le mien.

Des centaines de lettres écrites en français, qui n'attendaient que moi. Ma mère avait appris sa langue à mon père pour que celle-ci n'appartienne qu'à eux. Dans une lettre, il lui écrivait que personne de son entourage ne savait qu'il maîtrisait aussi bien le français, il s'en cachait. Au fil des années, il en avait appris les subtilités, sans doute parce qu'il ne voulait pas la heurter. Un mot mal choisi aurait pu changer le sens d'une intention. Mon père l'avait appris à ses dépens, il arrivait que ma mère lui fasse de sévères remontrances.

Elle devait se sentir valorisée à lui enseigner cette langue, l'exercice lui procurait sûrement une certaine exaltation en la rendant presque indispensable aux yeux de son homme. Un homme dont elle a tenu secrète l'identité pendant très longtemps.

La seule lacune de mon père dans son apprentissage de la langue de ma mère semblait avoir été le temps des verbes composés. Peut-être que c'était sa façon à lui de jouer avec le temps qu'ils partageaient ?

J'ai passé de longues journées à faire la lecture à mon père. Une semaine entière. Je savais tout maintenant de leurs amours. Des amours qui ont duré jusqu'à trois semaines avant sa mort.

Quelques rencontres clandestines, ici et là, sont venues ponctuer les années. Une bonne vingtaine, en près de cinquante ans. Ma mère avait besoin de vivre l'amour physique avec cet homme, même avec restriction, pour ne pas faire étouffer le désir qui lui était resté. Il leur arrivait de nourrir leurs envies en évoquant des moments de communion. Elle avait fait preuve envers cet homme d'une tendresse étonnante qu'elle ne se serait jamais permise avec moi.

Sa parole était silencieuse, ses mots, volubiles. Elle se révélait dans ses lettres. Il n'a jamais été question de moi, nulle part je n'y étais. J'ai trouvé ça étrange, j'en ai été blessé.

J'étais loin d'imaginer ce que je découvrirais dans une toute petite boîte cachée à l'intérieur de la valise.

Grâce à ces écrits, j'ai démasqué ma mère, j'ai connu mon père.

La précaution

Ils aimaient partager par écrit leurs petites manœuvres pour camoufler la vérité aux autres. J'apprenais chacune de ces techniques avec étonnement, avec délassement aussi. Ma mère se vantait presque d'avoir caché à Mariette, sa sœur protectrice, cette idylle clandestine. Il était clair qu'elle souhaitait nourrir le mythe de son vœu de chasteté, vœu qu'elle s'était engagée à tenir malgré son abandon de la vie religieuse. Elle l'avait dit au hasard de nos discussions. Elle avait voulu rompre avec la monotonie de la servitude et se permettre des égarements amoureux, bien qu'elle n'eût pas réussi à tromper l'ennui.

Tout au long de leur relation, mon père avait pris les précautions nécessaires pour que rien ne puisse éveiller des soupçons chez sa femme. La fréquence de leur correspondance était mensuelle, réglée comme une horloge : ma mère écrivait sa lettre chaque premier du mois.

Elle avait accepté de le partager avec une autre femme, elle ne prenait que des miettes de son amour, elle s'en contentait. Ces miettes, elle les conservait précieusement au fond du cœur.

Pour dissimuler toute évidence de leur liaison, mon père avait loué un casier postal dédié à leurs échanges. Dès qu'il avait fini de lire une lettre de ma mère, il s'empressait d'y répondre, pour conserver une forme de spontanéité. Sa calligraphie était stylisée, avec quelques ratures ici et là, alors que celle de ma mère était appliquée, ses lettres bien alignées, parfaitement et solidement liées.

L'astuce de mon père était de glisser dans une grande enveloppe la lettre de ma mère, en ajoutant la sienne en guise de réponse, et de lui envoyer l'ensemble. Il effaçait au fur et à mesure les traces laissées par leur amour. C'est ainsi que j'ai pu avoir accès à toute leur correspondance, jusqu'à la dernière lettre de mon père.

Les charmes de Paris

Mon père aimait envoyer à ma mère des cadeaux, des parfums onéreux et des billets de banque américains pour lui exprimer son amour et se faire pardonner son absence. Ces envois témoignaient de la générosité de mon père, qui voulait sans doute l'impressionner et lui faire plaisir, mais ma mère ne semblait pas trop s'y intéresser. Elle freinait ses gestes, car la gêne s'emparait d'elle, bien qu'elle soit restée sensible à ces attentions. « Je ne suis pas à vendre », lui écrivait-elle avec une forme de fierté. Souvent, elle lui retournait ses largesses sans explication, ce qui offusquait mon père, qui le lui faisait savoir, la grande exception étant ce chapelet en cristal Swarovski aux reflets miroitants, monté sur une chaîne argentée, qu'elle semblait avoir accepté avec gratitude. Le cœur de ce chapelet montrait le visage d'une Vierge miraculeuse apparue en 1830 à Paris. À mon étonnement, j'ai appris que ma mère et mon père avaient séjourné ensemble à Paris pendant une petite semaine et que ce chapelet était le souvenir du seul voyage qu'ils avaient fait à deux. Elle l'avait rangé précautionneusement dans un habit de velours, où je l'ai découvert.

La méfiance

Les dernières lettres de mon père étaient empreintes de sa peur de disparaître. Il était convaincu que des gens lui voulaient du mal et qu'un danger le guettait. Il est allé jusqu'à nommer ces personnes à ma mère, au cas où il lui arriverait quelque chose, mais a choisi de dissimuler à sa femme et à sa fille cette préoccupation, qui grandissait d'une lettre à l'autre, allant jusqu'à une hantise insensée. Il voulait éviter de les alarmer, croyant être en mesure de régler la situation par lui-même, comme il avait l'habitude de le faire. Mais son état de panique ne faisait que s'aggraver, et son garde du corps ne parvenait plus à le raisonner. Mon père disait avoir augmenté les mesures de sécurité qui l'entouraient et en ajoutait encore lors de ses déplacements. La multiplication des menaces commençait à peser lourd dans sa vie d'homme d'affaires.

On sentait la méfiance dans ses mots, ses derniers écrits étant plutôt avares de paroles douces à l'égard de ma mère. La menace grondant tout autour lui avait fait perdre ses élans du cœur.

Ses agissements en gravissant les échelons n'avaient pas toujours été « catholiques » et ma mère lui répétait sans cesse qu'il valait mieux accepter que ses projets prennent du temps plutôt que de provoquer des résultats par la force ou la magouille. Quand elle osait écrire ce genre de critique, il se braquait et sautait un mois avant de lui répondre. Il croyait ainsi la punir. C'était mal connaître l'entêtement de ma mère. Sous des allures de soumise se cachait une femme de conviction à la morale peu élastique.

Comme elle avait cultivé la patience et qu'elle connaissait les vertus du temps, elle ne se laissait pas toucher par les manœuvres de douce intimidation de mon père. Il finissait par lui répondre en se confondant en excuses, non pas de sa bouderie, mais de ne pas avoir suivi les judicieux conseils de sa correspondante.

Il avait fallu que ses déboires prennent des proportions démesurées, inquiétantes, pour que mon père fasse part de ses tourments et partage avec elle ses secrets.

L'aveu

À New York depuis cinq jours, j'ai poursuivi mon enquête, plus décidé que jamais à démêler le vrai du faux, épluchant de façon compulsive et démesurée toutes les lettres de mes parents dans l'espoir d'arriver au bout de leur histoire, et de la mienne. Ma chambre d'hôtel était devenue le centre névralgique de mes recherches, là où je tenais toutes les pièces à conviction.

Dans une petite boîte en métal brossé que je croyais être remplie de chapelets – je n'en ai découvert qu'un, dans une pochette en velours rouge arborant le logo de Swarovski – se trouvaient des photos de mes parents et deux enveloppes scellées par un cachet de cire orange vif représentant une couronne. J'ai décacheté les enveloppes à l'aide d'un coupe-papier ayant appartenu à ma grand-mère, et j'ai découvert des feuilles aux motifs fleuris, que ma mère utilisait pour la première fois, dont s'est échappé un léger parfum. La nostalgie m'a envahi. Quelques mots étaient tracés à l'encre noire sur ces feuillets un peu jaunis, alors que les autres lettres étaient toutes écrites à l'encre bleue. Le noir semblait imposer un caractère officiel à la missive.

Ma mère évoquait les absences répétées qui l'avaient enfin poussée à consulter un médecin, puis à recevoir le diagnostic de la maladie d'Alzheimer. En fait, c'était Mariette qui avait pris les choses en main, une fois de plus, un peu contre son gré. Depuis que ma mère avait mis un nom sur ce qu'il lui arrivait, elle avait pu commencer à s'y résigner, elle avait compris ce qui l'attendait. Elle avait donc cru bon de révéler mon existence à mon père, après la lui avoir dissimulée toute ma vie.

J'ai lu et relu ses mots pour essayer de comprendre ses agissements, la suite d'un long processus qui n'était pas encore terminé. La laideur de mes sentiments me tiraillait, allant jusqu'à me faire sentir coupable.

Mon amour, avant que j'oublie tout, je dois te faire un aveu, mais les mots ne suffiront pas à t'exprimer toute ma honte, ni à adoucir la peine que tu auras en apprenant ce que je vais t'écrire. Je suis tombée enceinte de toi. Nous avons un fils, que j'ai appelé Olivier. J'ai pris mes distances pour aller accoucher en ville. Seule ma sœur Mariette était au courant. Je n'ai jamais voulu lui dire que tu étais le père. Je lui ai fait croire que c'était quelqu'un d'autre pour l'empêcher de découvrir que tu étais marié, que tu avais dix ans de plus que moi, ce qui aurait ajouté au sacrilège.

J'avais des sentiments pour toi. J'ai longtemps cru que notre histoire ne serait qu'une passade. J'étais terrorisée à l'idée d'être mère à dix-sept ans, alors j'ai confié l'enfant à la crèche dès sa naissance.

C'est ce qui explique mon long silence et mes années au couvent, où j'ai tenté d'expier mon péché. Mais mon amour pour toi était trop fort pour vivre la réclusion. Plus le temps avançait, moins je me sentais capable de te parler de lui, je m'enfonçais dans les mensonges, je m'y réfugiais pour éviter de faire face à la situation.

Olivier est revenu dans ma vie parce que ma sœur a voulu réparer son erreur de m'avoir encouragée à m'en séparer. Elle s'en est voulu au point de l'adopter. Nous nous sommes retrouvés, lui et moi, comme deux étrangers, jusqu'à ce que Mariette m'apprenne, beaucoup plus tard, que c'était moi sa mère. Mais on a réussi à traverser les années, je l'ai aimé en silence et lui a cherché à entendre mon amour pour lui. Mais je me sentais trop coupable pour le lui exprimer. Je ne lui ai jamais parlé de toi, et là, il est tard pour les retrouvailles. Je n'ai pas envie que ta vie soit bouleversée par son existence. Maintenant que ma mémoire me joue des tours, je me dois de tout te dire. Je sais que tu vas m'en vouloir, mais j'accepte les conséquences de mon acte. Je m'en veux et tu auras raison de m'en vouloir, toi aussi. Sache seulement que je t'aime.

Au nom du fils

Éva, ta lettre m'a habité nuit et jour. Je n'ai pas été en mesure de te répondre avant aujourd'hui, je m'en sentais incapable. J'ai laissé au temps le temps d'essuyer l'affront, mais c'était peine perdue. Me voilà meurtri dans mon cœur. Contrairement à l'habitude, j'ai gardé ta courte lettre sur moi, dans une poche de pantalon. Je l'ai relue autant de fois que j'ai pu, espérant que tes mots changeraient d'une fois à l'autre. Ils sont restés les mêmes, aussi cruels.

Notre histoire s'est écroulée tel un château de cartes. J'ai tenté de la rebâtir, sans y parvenir. La bourrasque était trop violente. Comment as-tu pu me mentir aussi longtemps ? Me cacher l'existence de notre enfant pendant toutes ces années ? Tu l'as abandonné pour ensuite le retrouver. Tu l'as eu tout près de toi, me privant de sa présence. Je ne sais pas si je pourrai te pardonner cet ultime mensonge, alors que notre relation est déjà érigée sur des mensonges.

Moi qui ai toujours voulu avoir un fils pour me succéder, assurer la pérennité de ce que j'ai construit, je me sens trahi. J'ai trahi ma femme en t'aimant, et j'en ai eu des remords, mais ta trahison est d'autant plus grande que c'était toi que j'aimais, c'était toi, ma confidente. Ma femme a fait deux fausses couches après l'arrivée de notre fille, puis elle a perdu un autre enfant, un garçon, à quelques jours de sa naissance. Je t'ai pourtant confié la peine que j'avais eue. Tu m'as même encouragé à réessayer, mais ma femme a dû subir la grande opération pour rester en vie et notre chance d'être parents à nouveau a disparu. Tu le savais que je voulais un fils à tout prix ! Tu n'as pas daigné m'avouer que j'en avais un alors que tu as eu bien des occasions de le faire. Ma fille unique a été obligée de se comporter en homme pour trouver grâce à mes yeux.

Éva, je préférerais prendre mes distances pour quelque temps, mon chagrin est insupportable. Malgré cela, je pense encore à toi, à nous. Pour l'instant, je dois m'occuper de ma sécurité.

Ç'a été les derniers mots écrits par mon père à ma mère. Pas de « Je t'aime » à la fin, rien qu'un point. Un point final à leur relation.

Aimer

Savoir que mon père m'aurait aimé m'a rendu encore plus triste. Envahi par l'amertume, j'ai senti grandir ma colère contre ma mère. Or elle n'était plus là, elle n'était plus en mesure de défendre ses choix. Je devais lui donner le bénéfice du doute, elle avait assurément ses raisons, mais je ne pouvais m'empêcher de penser à ce qu'aurait été ma vie si mon père avait su que j'existais.

Un avion de papier

Tout au fond de la petite boîte, sous les deux dernières lettres de mes parents et écrasé par des médailles religieuses luisantes de propreté, reposait un avion chétif en papier rose fuchsia. Je l'ai déplié délicatement pour ne pas briser ses ailes. Quelqu'un avait écrit des mots dans son ventre. Je les ai déchiffrés difficilement, le papier absorbant mes larmes. Un mot anonyme annonçait l'essentiel : *Je vous informe que Pablo est mort de chagrin après avoir appris qu'il avait eu un fils avec vous. Son cœur s'est arrêté il y a maintenant un mois.*

Est-ce qu'on peut mourir de chagrin ? Quand il nous inonde, pouvons-nous nous y noyer ?

C'était daté de quelques semaines après la dernière lettre de mon père, ce qui correspondait au déclin vertigineux de ma mère. Elle s'était réfugiée dans le silence, elle y est restée jusqu'à la fin de sa vie, la mémoire affaiblie, seule avec elle-même et ses tricots.

La filature

Depuis quelques jours, j'avais le drôle de sentiment d'être observé. J'évitais de nourrir inutilement cette crainte, mais j'y accordais tout de même de l'importance. Je n'ai jamais rien pris à la légère.

Pour éviter de croiser des membres de la famille de mon père, je me présentais dorénavant au cimetière dès l'ouverture. De temps à autre, je jetais des coups d'œil furtifs à travers les grilles de peur qu'on découvre ma présence près de lui.

Un lundi brumeux où la chaleur tardait à venir, le vent s'est emparé des feuilles dans les arbres, les faisant tournoyer pendant de longues minutes. C'était féerique. Je me suis surpris à contempler sans me lasser cette scène toute simple, ordinaire.

Maintenant que j'avais quitté ma vie d'avant, qu'il ne me restait que la vie à quitter, je voyais les choses d'une plus belle manière. Je devais apporter de la légèreté à chaque moment. Je me suis levé d'un bond et, sans réfléchir, je me suis laissé emporter par un air de Beethoven, un mouvement *allegretto*, j'ai joué au chef d'orchestre en me perdant dans l'environnement, jusqu'au moment où j'ai croisé un regard.

C'était ma demi-sœur, plantée dans l'allée, observant tranquillement mon euphorie. Le temps s'est arrêté, moi aussi. La symphonie s'est tue. Le vent est tombé.

Nous nous sommes fixés, muets. Un tic-tac s'est fait entendre dans ma tête, telle une bombe sur le point d'exploser. Mais son expression curieuse a réussi à désamorcer le malaise. D'un geste, je l'ai invitée à me rejoindre. Après quelques secondes d'hésitation, elle a amicalement hoché la tête et m'a suivi sans dire un mot jusqu'au banc des délaissés, sur le chemin de gravier qui fendait le cimetière en deux.

Dans un élan brusque, elle m'a lancé : « *What do you want with my father ?* » J'ai balbutié quelque chose et elle s'est reprise : « Qu'est-ce que vous voulez à mon père ? » Étonné, j'ai répondu : « Vous parlez français ? » Elle m'a alors dit, avec un air un peu condescendant, qu'elle avait étudié en langues à l'université, l'une des plus prestigieuses, et que le français était sa langue de prédilection.

Une soudaine panique est montée en moi quand je me suis rappelé mes lectures des lettres à voix haute alors que j'étais assis sur la tombe de mon père. Celui-ci avait avoué à ma mère qu'il se sentait protégé par la frontière de la langue. Un grand frisson m'a parcouru le dos.

Je me suis présenté : « Olivier Dubreuil », sans dire qui j'étais ni pourquoi je me trouvais là. On a eu un certain plaisir à faire connaissance dans cet endroit qui aurait pu sembler lugubre.

Elle ne m'a pas posé de questions précises après m'avoir apostrophé, je suis resté vague sur les raisons de ma présence. Elle devait se demander qui était cet intrus qui dansait devant la tombe de son père.

Notre rencontre impromptue n'a pas duré trop longtemps. Nous avons convenu qu'un vrai rendez-vous était nécessaire pour poursuivre notre discussion. D'un luxueux portefeuille Louis Vuitton elle a sorti sa carte de visite aux lettres dorées embossées sur du carton blanc cassé et me l'a tendue. J'y ai lu : *Gonzales Entreprises*. Sous le titre de *Chairman*, son nom était écrit au complet : *Elizabeth Kathleen Gonzales*. Gonzales, le nom de mon père.

Elle m'a salué gentiment, allant jusqu'à me faire la bise à la française, mais son regard était perçant, presque intimidant. Sous sa féminité somptueuse semblait se cacher une force à la fois immuable et irrésistible. Elle devait bien mener les affaires de son père, elle avait la poigne pour affronter les situations, y compris cette rencontre avec moi.

Elle est partie avec son chauffeur. J'ai regardé s'éloigner la Lincoln noire aux lignes racées, en me disant que je l'avais échappé belle. Mais pour combien de temps ?

Mettre en terre

Le lendemain, je suis revenu. Seul devant la tombe de mon père, j'en ai profité pour enterrer l'animateur. Ce rituel s'inscrivait dans une démarche spirituelle pour mieux accepter la fin de cette profession que j'avais tant aimée. J'avais choisi les photographies les plus signifiantes de mon parcours professionnel, la plupart de celles qui ornaient les murs de ma loge. Chaque cliché représentait une époque de ma vie. En les revoyant, je me suis vu vieillir sur vingt ans. J'ai été pris d'un sentiment de bienveillance et d'admiration face au travail que j'avais accompli et aux sacrifices que j'avais dû faire pour me hisser au sommet.

J'ai découpé chaque portrait en prenant soin de le réduire en petits morceaux, comme des pièces de casse-tête. J'ai sorti une pelle jaune pour enfant que j'avais enfouie dans mon sac à dos et j'ai creusé un trou derrière un immense pot à fleurs en granit, dans le lot où était mon père. J'ai recouvert de terre ces bouts de papier jusqu'à remplir le trou, pour éviter que le vent les emporte. Puis j'ai piétiné le sol exagérément, pour que rien ne paraisse.

Une partie de moi ne voulait pas que les choses s'arrêtent ainsi. J'ai relevé la tête vers le ciel, et je l'ai remercié. C'est ce que j'avais de mieux à faire. Mon cœur souriait. J'étais soulagé d'être allé au bout de ce cheminement d'homme public dont j'acceptais la mort symbolique, puisque moi j'allais mourir.

L'ennui

Il y a toujours assez de temps pour s'ennuyer. Moi, je n'ai pas connu l'ennui depuis mon enfance, quand je devais quitter une famille pour une autre, l'adaptation à un nouveau monde m'apparaissant comme une éternité. Mais devenu adulte, enfin libre, j'ai éprouvé de la difficulté à comprendre l'ennui. Des possibilités s'offrent à nous telles des fleurs à cueillir, il suffit de les voir.

Ma vie avait été remplie, remplie à ras bord. Trop, même, aux dires de mon entourage. J'avais chassé l'ennui en tentant de combler le vide. Je m'étais rendu plus loin dans mon métier que je n'aurais osé rêver pendant mon enfance instable.

Le moment de vérité

Manhattan ne s'était pas endormie, elle ne dort jamais. Moi, de moins en moins. Je n'allais pas gaspiller des nuits à dormir, j'avais mieux à faire. Déjà vingt-quatre jours s'étaient écoulés sur les trois mois, et huit depuis la soirée où j'avais appris que j'allais être grand-père.

Malgré une peine encore vive mêlée à une forme de sérénité, je ne pensais plus à l'échéance aux allures de fin du monde qui se rapprochait, mais plutôt à chaque minute que j'avais et que je devais vivre, sans me soucier des suivantes. Il faut bien un jour se résigner au fait que la vie a une vie, qu'elle contient sa propre finalité.

J'étais dorénavant convaincu du bien-fondé de tout révéler de mon état de santé à mes proches, sans nécessairement le rendre public. Quand j'aurais eu fini d'élucider la mort de mon père, je m'occuperais de la mienne.

Je voulais faire un tri dans les possessions que j'allais donner et à qui, mettre de l'ordre dans mes papiers et réviser quelques passages de mon testament, maintenant que ma mère n'était plus. J'allais tout léguer à Jasmine. Avant de m'y attaquer sérieusement, il me restait des éléments à étudier dans la correspondance de mes parents. Je commençais à établir des liens qui m'amenaient à croire que mon paternel avait peut-être eu raison de craindre pour sa vie. J'ai relu attentivement les passages dans chacune des lettres où il en était question, pour y voir plus clair.

Je comptais dévoiler sous peu à ma demi-sœur ma véritable identité en partageant avec elle le fruit de mes recherches, mais j'avais besoin de rassembler tous les éléments de preuve de ma théorie. J'y étais presque.

Le rendez-vous

Nous nous étions donné rendez-vous à treize heures pile dans un grand restaurant dont la réputation n'était plus à faire, situé au dernier étage d'un édifice à une centaine de mètres de Central Park, qu'on pouvait observer au loin. La vue était saisissante de beauté, tout comme mon invitée. Elle a fait son entrée avec effet. Hommes et femmes se sont retournés sur son passage. Tous les regards étaient rivés sur Elizabeth Kathleen Gonzales, ma demi-sœur. Je ressentais de la fierté.

Elle s'est dirigée vers ma table, un peu en retrait et assez près des cuisines. Mon aversion pour les retards me fait arriver toujours trop tôt. J'y étais déjà depuis une bonne vingtaine de minutes, assis à contempler la vie disproportionnée des gens riches et célèbres. Visiblement, mon père faisait partie de ce monde. Quand elle s'est approchée de moi pour me faire la bise, je me suis levé et je me suis laissé faire. Son visage trahissait l'envie d'en savoir plus sur moi. Je sens ce genre de choses, j'ai un radar intérieur qui est presque infaillible. J'étais tout de même un peu mal à l'aise. Comme je ne la connaissais pas, je me demandais par où commencer, ce que j'étais prêt à lui dire. C'est elle qui a brisé la glace en dénouant une situation un tantinet tendue. Elle a vanté les mérites du restaurant en faisant étalage de ses connaissances plutôt habilement. Elle avait remporté le premier round.

C'était clair qu'Elizabeth avait là ses habitudes et ses privilèges, les plats sont arrivés sans qu'elle ait eu besoin de commander. Les serveurs déployaient à son endroit une chorégraphie réglée au quart de tour. C'était beau à voir. Elle m'avait proposé de lui faire confiance pour le menu, qu'elle allait me faire vivre une aventure gastronomique mémorable. Je me doutais que cette amabilité exagérée face à un inconnu n'était pas dénuée d'intérêt, mais cela m'a plu. Elle était d'une agréable compagnie.

Le faste du repas frôlait le ridicule. Entre les huîtres fraîches et le saumon poché, j'ai déposé mon verre sur la table en la regardant droit dans les yeux. Je n'ai pas eu peur de la fixer, je n'étais plus intimidé par elle, l'excellent vin blanc aidant.

Maintenant que les discussions frivoles avaient eu lieu, je pouvais parler des vraies affaires, du moins je le croyais. Je lui ai carrément posé la question : « Vous savez qui je suis ? Ce que je fais ici avec vous ? C'est à mon tour de vous demander ce que vous me voulez. Qu'est-ce que vous voulez savoir sur moi ? Pourquoi avez-vous accepté qu'on se retrouve autour d'une table ? »

Je l'ai bombardée de questions pendant une longue minute, sans doute pour éviter qu'elle me réponde, puis j'ai arrêté brusquement. J'appréhendais ses réactions.

Elle m'avait écouté sans broncher, et tranquillement le bruit des conversations tout autour est venu occuper l'espace entre nous. Elizabeth a fait discrètement signe au serveur, qui s'est empressé de remplir son verre.

« N'est-ce pas qu'il est parfait, ce grand cru de Bourgogne ? » a-t-elle dit avec une pointe de snobisme. J'ai acquiescé timidement. Après avoir humé le parfum de son vin de façon un peu théâtrale, elle s'est attardée à sa limpidité, et ensuite elle m'a fixé pendant quelques secondes à travers la transparence de son verre au quart rempli, avec une telle insistance que j'ai failli en perdre mes moyens.

Elizabeth a déposé son verre. Elle m'a avoué qu'elle épiait mes faits et gestes depuis quelques jours, un des jardiniers du cimetière l'ayant alertée de ma présence quotidienne. Elle m'a confié qu'elle prenait plaisir à s'asseoir sur le banc blanc en métal forgé, derrière le vieux chêne, tout près de la tombe de son père, et à m'écouter lire à haute voix la correspondance insoupçonnée de son père avec cette inconnue. Assez tôt, elle avait compris que j'étais le fils illégitime de son père, mais elle aurait besoin de temps pour l'accepter.

Je me suis empressé de lui dire : « Votre père ne savait pas que ma mère était enceinte de lui. Il ne l'a su que quelques semaines avant sa mort et il lui en a voulu énormément d'avoir gardé pour elle mon existence. C'est ainsi que s'est terminée leur relation épistolaire. Ma mère le lui avait avoué avant de l'oublier, car elle était atteinte de la maladie d'Alzheimer. »

Elizabeth a semblé touchée par cette révélation. J'ai poursuivi sur ma lancée : « Ma mère est décédée tout récemment et j'ai découvert ces lettres en vidant sa chambre. » Ma demi-sœur m'a offert de sincères condoléances, les larmes aux yeux, et j'ai ajouté : « Elle m'avait parlé de lui peu de temps avant de mourir, dans un élan de lucidité, sans même s'en rendre compte. Je suis parti à la recherche de mon père avec le peu de renseignements que j'avais sur lui, parce que je ressentais le besoin, un besoin viscéral, de le connaître. J'ai appris qu'il était mort. »

Elizabeth m'a regardé d'un air étonné. Elle s'est fait verser un verre de champagne Ruinart rosé brut.

« En prenant connaissance de leur correspondance, j'ai constaté que jamais ils ne parlaient de moi, jusqu'au jour où ma mère lui a tout dit », ai-je continué. Une émotion s'est emparée d'elle, teintée d'ivresse. « Est-ce que mon père parlait de moi et de ma mère dans ses lettres ? » a-t-elle demandé du bout des lèvres. J'ai répondu par l'affirmative en ajoutant : « C'était clair pour ma mère que Pablo avait sa vie bien à lui, il lui écrivait régulièrement à propos de vous. Elle était au courant des fausses couches de votre mère et du décès du garçon qu'ils ont eu après votre naissance. J'ai compris que ma mère était la confidente de votre père, et elle prenait seulement ce qu'il pouvait lui offrir, c'est-à-dire peu. Elle s'en est contentée parce qu'elle l'aimait profondément, même si leur amour était imparfait. »

J'ai repris mon souffle, elle a repris une gorgée de champagne.

Elizabeth avait à présent perdu son attitude hautaine. Tout coulait, y compris ses confidences. Elle m'a parlé de sa mère, qui n'avait pas toujours su être à l'écoute des besoins de son père. Elle avait été déçue d'apprendre, d'abord en m'écoutant lire les lettres, puis encore maintenant, que son père avait aimé une autre femme en même temps que sa mère. Elle ne semblait pas étonnée outre mesure, car elle savait que son père avait le cœur grand, plus grand que son cœur à elle, m'a-t-elle avoué candidement. « Lui était capable d'aimer, alors que moi, j'en doute. Chaque fois qu'un homme s'attache à moi, je me détache de lui de peur de souffrir au moment où la rupture arrivera, parce qu'elle arrive toujours, inévitablement. »

Elle y est allée d'autres épanchements au hasard de la conversation, devenue intime, trop intime pour deux étrangers. « Je ne veux pas avoir d'enfants parce que, quand on donne la vie, on donne aussi la mort. » Ses propos m'ont atteint à la poitrine. Devant mon air déconfit, elle a ajouté : « Vous, avez-vous des enfants ? » Je lui ai répondu « Oui, une fille » en hochant la tête et elle est devenue rouge pivoine. « Je ne voulais pas vous offusquer avec mon sarcasme. Je m'en excuse. Parlez-moi d'elle, j'ai le goût de vous entendre me parler de cet amour que vous avez pour elle, de votre vie à Montréal, de votre notoriété là-bas. Dites-moi, pourquoi avez-vous décidé de quitter la présentation de votre émission après vingt ans ? Parlez-moi de vous, je vais me taire, vous écouter et boire en votre charmante compagnie. »

Elle en savait plus sur moi que je ne le croyais, ce qui me rendait nerveux et mal à l'aise. J'ai cessé de boire, même si l'envie y était, j'ai voulu garder le contrôle de la situation particulière dans laquelle nous nous trouvions sans trop me dévoiler.

À la fin du repas, un festin gargantuesque, elle m'a encore fixé du regard : « Mon père a toujours voulu avoir un fils. Depuis que je suis jeune, j'ai tout fait pour lui plaire. Je sais qu'il m'aimait parce qu'il me le disait sans cesse, à la moindre occasion. Tout était prétexte à le dire, mais il ne voulait pas que sa fille vive dans ce monde impitoyable d'hommes. J'ai aimé en vérité mon père plus que tous les hommes de ma vie. Il était courageux, contrairement à ceux que j'ai côtoyés. Vous l'auriez aimé. Vous lui ressemblez. Vous avez ses mains, son regard pénétrant, et vous marchez comme lui. »

Elle a fini son verre, puis elle a poursuivi son monologue, ivre et triste, pendant que le serveur le remplissait encore. « Il voulait que je devienne avocate, pas femme d'affaires. J'ai étudié en droit pour le satisfaire, en langues pour me plaire à moi et en commerce pour lui montrer que je pouvais gagner ma place à ses côtés. Je l'ai presque convaincu, mais il est mort trop tôt, d'un violent infarctus, pour constater que j'en étais capable. »

Après avoir vidé sa coupe, elle m'a donné rendez-vous à la même table, à la même heure, le lendemain et le surlendemain, puis elle a réglé l'addition.

Nous nous sommes levés, je l'ai prise par le bras tout naturellement et nous sommes sortis ensemble, en flottant dans les allées du restaurant avec classe et sans manifester le moindre signe d'ébriété. Elle est montée dans la limousine puis a baissé la vitre. « *See you tomorrow* », a-t-elle dit en m'envoyant un baiser d'une main délicate aux ongles rouge vif.

Le manque

Étrangement, je vivais une forme de cafard depuis mon retour à New York. J'avais beau essayer de me convaincre que ce n'était que passager, le manque que j'éprouvais de ma fille était effrayant et persistant comme jamais auparavant. Jasmine occupait toutes mes pensées, surtout en raison de ce qu'elle m'avait annoncé l'avant-veille de mon départ. J'essayais d'imaginer la quitter, c'était difficile, voire impossible. Je me sentais prêt à mourir, j'avais en quelque sorte abdiqué. C'était avant de savoir que ma Jasmine allait donner la vie.

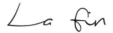

Le lendemain, quand je suis arrivé au restaurant quinze minutes avant l'heure, Elizabeth y était déjà, à mon grand étonnement, portant un énorme chapeau en paille or et beige orné d'un ruban de taffetas vert. Gracieuse et élégante, de nature et du fait de son éducation. Elle était d'un calme étonnant, plus discrète et moins exubérante que la veille. Elle s'était assise dos aux clients, contrairement à son habitude, comme le serveur le lui a fait remarquer lorsqu'il lui a proposé son blanc favori. Elle a refusé, préférant prendre une eau pétillante citronnée avec des glaçons. Elle a ajouté à l'intention du serveur : « *I want my brother to appreciate the full beauty of the scenery.* »

J'ai été complètement assommé par le mot « *brother* ».

Sous ses verres fumés se cachaient des yeux qui avaient pleuré abondamment. Je m'en suis rendu compte au moment où elle a retiré ses immenses lunettes roses, qui couvraient une grande partie de son visage, pour me faire un clin d'œil. Mais son mascara était parfaitement appliqué, sa bouche rouge écarlate, finement dessinée. Elle a remis ses lunettes, voulant sans doute masquer sa nuit d'insomnie. Elle les a gardées tout au long du repas.

C'est elle qui a lancé la conversation, en optant pour le tutoiement : « Je suis heureuse de te revoir. J'ai passé la nuit à repenser à tout ce que nous nous sommes dit. Ça tournait comme un manège dans ma tête, je n'ai pas trouvé le sommeil tout de suite. Il y a un moment où j'ai dû prendre une tisane, un cachet pour apaiser l'anxiété, puis faire une méditation. Je n'arrêtais pas de penser à la façon dont je devrais apprendre ton existence à ma mère. Je dois le lui dire, mais je crains sa réaction. Elle peut devenir furieuse quand elle ne maîtrise pas la situation, j'en sais quelque chose, et mon père aussi le savait. C'était lui qui calmait le jeu lorsqu'elle était en colère. Ses années de boxe lui avaient enseigné la stratégie, comment prévoir un coup. Les derniers mois de mon père ont été lourds pour ma mère, car il s'était isolé. Isolé suffisamment d'elle, de moi. Je le sentais triste et apeuré, je ne parvenais pas à comprendre ce qui se passait. Je le lui ai pourtant demandé souvent, il me répondait : *"It will be fine, I love you, sweetheart."* Mais je savais que ça n'allait pas. Je le connaissais, mon père, notre père. »

J'étais sans mots. Je l'écoutais me raconter la vie de mon père, j'étais heureux, ému, reconnaissant. C'était inespéré pour moi d'en apprendre autant sur lui. Je la trouvais généreuse de s'ouvrir ainsi à moi, alors que nous venions juste de faire connaissance. Mais j'étais un peu méfiant quant à la raison profonde d'une telle ouverture.

Elle a poursuivi sans reprendre son souffle tant elle avait la gorge serrée : « Un soir, je suis passée par son bureau avant de partir pour lui dire qu'il devait rentrer, il se faisait tard. J'ai d'abord frappé à sa porte, comme je le faisais toujours, je n'ai pas entendu sa voix. J'ai cru un moment qu'il était déjà parti, mais il me semblait qu'il était toujours là, derrière. J'ai frappé à nouveau en lançant : *"Dad, are you there?"* Un instant, mon intuition m'a soufflé qu'il se passait quelque chose d'anormal. Je me suis décidée à ouvrir la porte et je l'ai vu inanimé derrière son bureau, assis sur sa chaise capitonnée, devant une tasse de thé presque vide. Mes jambes sont devenues molles, je me suis avancée jusqu'à lui et j'ai hurlé : *"Dad, Dad! Don't die. Please don't die."* J'ai couru vers lui et j'ai pratiqué les manœuvres de réanimation avec acharnement, sous les yeux ahuris de son assistante et de son garde du corps, qui m'avaient entendue crier et qui s'étaient arrêtés à la porte, estomaqués de voir mon père dans cet état.

« L'ambulance était en route.

« Quand les ambulanciers sont arrivés, l'un d'eux a pris le relais et l'autre m'a saisi délicatement les mains et les a posées sur mes jambes, qui tremblaient. On m'a fait doucement comprendre que mon père était mort depuis un moment et qu'il était inutile de poursuivre. »

C'est à ce moment précis qu'elle a tiré un joli mouchoir en soie blanche de son minuscule sac à main Gucci et a essuyé les larmes qui s'étaient rendues jusqu'à son nez. Elle s'est levée de table pour se rendre aux toilettes. J'étais bouleversé. Sans doute qu'elle l'était aussi, je l'imaginais en train de se remaquiller, d'effacer toute trace d'émotion de son visage.

Un quart d'heure s'est écoulé. Quand elle est revenue, elle s'est confondue en excuses. Je l'ai rassurée et l'ai prise spontanément dans mes bras en lui murmurant : « Ta réaction est normale et légitime. Tu ne peux pas savoir le bien que tu me fais en me parlant de lui. » Ma pudeur a fait office de barrière pour retenir le déluge qui pouvait surgir de moi à tout moment. Nous étions dans un grand restaurant et la bienséance obligeait à un certain décorum, même en des temps troublés.

Je savais aussi que le dernier élément d'information qu'il me fallait dévoiler à ma sœur allait la casser davantage. J'hésitais à lui faire part de ce que j'avais découvert des méfiances de mon père envers certaines personnes, j'ai donc décidé d'attendre la fin du repas pour le faire.

Nous nous étions ressaisis, malgré notre peine partagée. Pour ajouter un peu de folie au sérieux de notre repas alourdi par l'évocation de douloureux souvenirs, Elizabeth a commandé au chef pâtissier son célèbre mille-feuille, qu'il est venu préparer et assembler devant nous. C'était une œuvre d'art qui se créait sous nos yeux d'enfants le temps de cet intermède délicieux. J'ai toujours aimé les mille-feuilles. Nos cœurs étaient de nouveau heureux et complices, et nos malaises s'étaient dissipés.

Quand j'ai pris un morceau à l'aide de ma fourchette à trois dents, égal à moi-même, j'ai tout défait d'un seul geste. Ma sœur et moi avons eu un fou rire incontrôlable devant le gâchis. Portant finalement à ma bouche un morceau énorme, j'en ai laissé tomber au passage plusieurs feuilles. Le fou rire a repris de plus belle. Quelques verres de champagne ont été bus, les bulles s'ajoutant au goût des fraises et de la crème pâtissière au parfum de vanille et de cognac.

Il y a alors eu cet instant où elle a levé sa coupe dans ma direction avec un air de conquistador, et nous avons trinqué : « À nous », a-t-elle dit. J'ai été soufflé par ces deux mots. Je ne comprenais pas le sens de l'expression « À nous ». Je n'ai pas osé lui demander, j'attendais le bon moment. Il n'est jamais arrivé.

Après tant de légèreté, j'ai cru bon de reporter au lendemain le dévoilement de mes doutes quant aux circonstances entourant la mort de notre père.

La preuve

Ce troisième repas pris au même restaurant en autant de jours a été écourté par la mauvaise nouvelle dont je me devais d'être le porteur. Aussitôt que j'ai vu Elizabeth faire son entrée, digne des grandes dames de sa ville, et les serveurs s'activer autour d'elle, je lui ai demandé de m'écouter : j'avais quelque chose d'important à lui confier à propos des dernières semaines de son père.

J'ai commencé par la mettre en contexte : « Quelques semaines avant sa mort, ton père a écrit à ma mère qu'il se sentait en danger, qu'il ne voulait pas vous inquiéter mais qu'il avait fait augmenter les mesures de sécurité, qu'il avait changé ses habitudes et les itinéraires de ses déplacements parce qu'il sentait une menace de plus en plus grande se profiler à l'horizon. »

Elle est devenue livide : « *I know now why my father was so strange and distant with me*, a-t-elle dit. Il ne parlait plus au petit-déjeuner les derniers temps, il évitait de partir de la maison avec moi, il partait plus tôt que moi pour le bureau. J'en avais parlé à ma mère, elle aussi semblait préoccupée, je la sentais plus suspicieuse que d'habitude avec lui, elle s'était remise à douter de sa fidélité. Elle était allée jusqu'à me poser des questions auxquelles je n'avais pas de réponses. Je comprends maintenant. »

J'ai poursuivi mon exposé en sortant une lettre et en lui présentant les éléments que je pensais être des preuves de ma théorie, qui indiqueraient tout sauf une mort naturelle. Je lui ai demandé : « Tu connais ces noms ? » en les pointant du doigt. Elle s'est emparée brusquement de la lettre, la colère se dessinant sur ses traits, et elle m'a répondu : « Ce sont deux membres influents du conseil d'administration de notre *holding* financier, ils étaient très proches de mon père. J'aurais dû m'en méfier. As-tu d'autres lettres où il fait allusion à un complot ? »

Je lui ai tout remis. Elle a passé une petite heure à lire scrupuleusement, sans dire un mot. Mais sur son visage on pouvait voir déception et dégoût.

Après m'avoir remercié de lui avoir montré ces missives, elle m'a demandé l'autorisation de les emporter, ce que j'ai accepté d'emblée. Elle s'est excusée de devoir partir, elle m'a donné rendez-vous le lendemain, en réglant la note. Je suis resté seul pendant une vingtaine de minutes, je me suis mis à contempler la vue envoûtante de New York, un verre de cognac à la main. J'en ai bu quelques larmes et j'ai tout fait pour résister à l'envie de m'effondrer.

L'idole

Nous en étions à notre cinquième rencontre, la quatrième dans ce restaurant huppé de Manhattan, où l'argent semblait un puits sans fond. La courtoisie presque excessive des serveurs et l'exubérance des lieux paraissaient s'être accordées pour séduire les plus riches. Les bonzes de la haute finance, quelques vedettes de la télévision, plusieurs athlètes de renom devaient s'y côtoyer jour après jour. Cet endroit à l'ambiance feutrée et à la classe folle était devenu avec le temps l'une des dix adresses les plus prisées de New York. J'observais la faune avec éblouissement.

Juste avant treize heures, l'arrivée d'Elizabeth est venue interrompre ma rêverie. Chaque fois, ses tenues étaient remarquables. Aujourd'hui, sa robe éthérée aux couleurs vives, légère comme une plume, laissait deviner ses jambes élancées. Elle était juchée sur des escarpins Louboutin d'un jaune éclatant, et chacun de ses pas marquait le temps, malgré le niveau de bruit élevé. Elle était tout à fait à l'aise dans ce monde des apparences, tel un oiseau dans le ciel. Elizabeth survolait la réalité bourgeoise autour de nous avec un calme radieux, elle se prêtait au jeu sans prétendre le contraire. J'aimais son côté assumé. On s'est fait la bise, une fois de plus.

Par égard pour moi, elle m'a raconté notre père pour que j'en découvre toute la grandeur. En revanche, elle n'est pas revenue sur les révélations de la veille. Elle semblait ne pas vouloir en discuter, mais moi j'étais curieux de savoir ce qu'elle allait en faire. Soudain, mon attention a été détournée par l'apparition de mon idole. Ma seule idole.

Une animatrice fort connue, l'une des plus grandes, s'est assise à quelques tables de nous pour partager le repas avec son amie de toujours et une consœur. J'étais subjugué d'être aussi près de la femme de télévision américaine qui a le plus influencé ma façon de faire ce métier d'interviewer. Je n'écoutais plus Elizabeth, je regardais l'animatrice.

Voyant ma fascination, ma sœur a souri, puis elle a demandé au serveur d'offrir à la dame une bouteille de champagne Dom Pérignon rosé brut 1986, avec une note : *From a tv host from Montreal who admires you and sends you his compliments.* Touché par sa générosité, j'ai poursuivi ma discussion avec elle.

La papesse de la télévision a dû apprécier le geste, car elle s'est levée de table et est venue vers nous. Je croyais que j'allais mourir. Elle m'a remercié pour cette délicate attention. Elizabeth m'a regardé, sourire complice aux lèvres, fière de son initiative. Voyant l'animatrice devant moi, je me suis levé d'un bond, ébranlé. À la vue de mon émotion, elle m'a tendu les bras, puis elle m'a collé contre elle. Je suis resté le plus longtemps possible dans son étreinte. Mon cœur battait la chamade. J'ai pris une de ses mains dans les miennes.

Avant que l'animatrice nous quitte, ma sœur a tenu à préciser : « *He does the same work you do in Montreal.* » La grande dame m'a offert un magnifique sourire. J'ai réussi à lui dire, en anglais et sans la moindre assurance : « *Madam, I love your heart.* » Et elle de répondre : « *Honey, it's all about heart.* » Elle a repris sa main, elle est retournée à sa table, sous le regard amusé des autres clients. Je n'étais plus en mesure de converser avec ma sœur, j'étais en état de choc. Je n'ai réussi à dire qu'une seule chose à Elizabeth : « Je peux mourir maintenant que cette femme, la plus grande, m'a fait un câlin. » Elle m'a regardé d'un air amusé.

Je l'ai raccompagnée jusqu'à sa voiture. Juste avant qu'on se laisse, elle m'a lancé : « Ce soir, je t'invite à la demeure familiale, je veux te présenter à ma mère. Elle est ravie de faire ta connaissance. » Puis sa voiture s'est engouffrée dans la circulation.

J'étais stupéfait. Au fil de nos rencontres, lorsqu'elle me parlait de sa mère, c'était dans des termes plus ou moins élogieux, j'avais de la difficulté à m'imaginer passer la soirée avec elle. Que savait-elle des lettres que j'avais laissées à sa fille ? Comment Elizabeth allait-elle me présenter à la « reine mère », comme elle s'amusait à l'appeler ? Enfin, j'appréhendais de faire connaissance avec la femme de mon père.

En marchant vers mon hôtel, j'ai pris conscience de la chance que j'avais eue de rencontrer celle qui m'inspirait depuis toujours, de la complicité naissante entre ma sœur et moi et du fait que j'allais mettre les pieds dans la demeure de mon père. J'étais rempli de gratitude et d'incertitude.

La petite fille

Sous ses airs de femme d'affaires redoutable, assurée, séductrice et mondaine se cachait en Elizabeth une petite fille unique qui souffrait d'avoir perdu son père, de ne pas avoir été le fils qu'il aurait désiré. Même si elle savait qu'il l'aimait plus que tout au monde, Elizabeth souhaitait depuis toujours avoir encore plus de lui pour en être entièrement convaincue. Elle s'en défendait souvent, pour éviter de me montrer sa vulnérabilité, mais s'ouvrait néanmoins de plus en plus avec une franchise saisissante de vérité, ce qui la rendait attachante malgré le jeu des apparences. Je ne savais pas ce qu'elle me voulait, mais j'aimais passer du temps avec elle, j'avais l'impression de me rapprocher de mon paternel.

La demeure

Elizabeth m'a dépêché son chauffeur, celui que j'avais vu avec elle et sa mère au cimetière la toute première fois. Il est venu me chercher à mon hôtel, en m'annonçant discrètement qu'on en avait pour une heure de trajet jusqu'à la résidence principale de la famille. Elizabeth y vivait toujours même si elle possédait un appartement dans Greenwich Village. Après les salutations d'usage, je me suis retrouvé seul sur la banquette arrière de la limousine, j'en ai profité pour relire des passages de *L'Art du bonheur* du dalaï-lama, en jetant quelques regards sur le paysage qui défilait.

Je n'oubliais pas que j'allais mourir, et j'avais besoin de me rassurer quant à ce que j'avais compris de la vie. J'avais beau sans cesse relire les enseignements du dalaï-lama, je n'arrivais pas à les intégrer tous, mais une phrase a mis un baume sur mon cœur : « L'apprentissage, c'est l'histoire d'une vie. » J'ai refermé mon livre. La limousine fendait la forêt en deux et roulait maintenant à travers un parc somptueux. Je remarquais la présence subtile d'agents de sécurité et des caméras qui jalonnaient le parcours de la limousine.

Nous sommes arrivés devant une magnifique demeure. Elizabeth nous y attendait, aux côtés de cette femme austère que j'avais déjà vue avec elle. C'est la vieille dame qui s'est présentée d'abord à moi, et j'ai ressenti le malaise d'Elizabeth devant l'initiative de sa mère. Dès les premiers mots, elle m'a fait sentir que j'étais des leurs. Ma sœur m'a fait la bise en me prenant par la main et en me proposant de faire le tour du domaine. J'étais conscient déjà de l'omniprésence de mon père en ces lieux. Pendant que nous nous promenions, Elizabeth m'a tout raconté de son enfance, en particulier qu'on l'avait parfois laissée seule avec les domestiques.

« J'aurais aimé que tu sois mon grand frère avant, je me serais sentie moins seule et notre père aurait été heureux d'avoir un fils. » J'ai tenté de la réconforter en lui rappelant qu'il parlait souvent d'elle dans les lettres qu'il écrivait à ma mère. « Ton père disait avoir eu le cœur meurtri quand sa fille, Elizabeth Kathleen, alors âgée de dix ans, avait été piétinée par son cheval, Rodolphe, après en être tombée lors d'une compétition. Les médecins avaient été pessimistes quant à tes chances de remarcher, mais lui s'était battu pour ne jamais leur donner raison. »

Elizabeth s'est mise à pleurer. Elle a murmuré : « Ta mère devait l'aimer beaucoup pour accepter qu'il parle aussi intimement de nous. Elle avait une grande âme. » Je lui ai répondu : « Ma mère a été la femme d'un seul homme, et ce n'était pas moi. J'étais l'enfant de la honte. Mais quand j'ai lu ses mots, je l'ai vue dans toute son humanité et ça m'a réconcilié avec elle, même si je lui en veux un peu de ne m'avoir jamais fait connaître mon père, moi qui ai toujours voulu en avoir un. Quand je le vois à travers toi, je te trouve choyée par le sort d'avoir vécu à ses côtés pendant quarante ans. »

Nous avons marché bras dessus, bras dessous jusqu'à la maison, heureux d'être ensemble, mais sans que je puisse m'empêcher de penser que j'aurais pu aussi avoir cette vie-là.

Les murs du manoir étaient recouverts de photos de mon père en boxeur, c'en était presque un musée. Je me sentais honoré d'être le fils de Pablo Gonzales.

Nous nous sommes mis à table, nous n'étions que trois, sa mère, Elizabeth et moi, mais il y avait de nombreuses personnes pour nous servir. J'ai arrêté de parler dès que j'en ai vu apparaître une dans la salle à manger, aux allures de grand restaurant, mais Elizabeth m'a fait comprendre qu'elles avaient toutes signé un document leur interdisant de répéter ce qu'elles pourraient entendre sous peine de poursuites judiciaires.

Sa mère n'a presque pas parlé du repas, elle a plutôt écouté notre conversation en français, qu'Elizabeth traduisait au fur et à mesure, et cette façon de faire semblait l'amuser. Au moment du dessert, elle m'a regardé droit dans les yeux, j'ai vu qu'elle s'était décidée à me dire la vérité. Elle a déclaré alors que son Pablo était mort de chagrin quand il avait su pour moi. C'était donc elle qui avait écrit le petit mot au cœur de l'avion de papier que j'avais trouvé dans les affaires de ma mère. Elle m'a dit ensuite qu'elle n'avait découvert leur histoire que quelques semaines avant la mort de son mari, parce qu'il avait fini par tout lui avouer, après qu'elle eut insisté pour connaître l'origine de sa peine.

J'étais bouche bée, Elizabeth aussi. J'ai demandé à Sofia si elle en voulait à ma mère. Elle m'a répondu que non, qu'elle avait compris que la seule façon qu'ils restent longtemps ensemble, c'était qu'elle lui laisse sa liberté en ne lui posant pas de questions.

Avant de s'excuser, car elle avait l'air de plus en plus fatiguée, la reine mère a affirmé qu'elle souhaiterait que je reste pour la nuit et que le lendemain, au petit-déjeuner, elle me parlerait de la mort de son mari. C'est là qu'elle m'a dit qu'elle avait déjà donné des éléments de l'histoire aux enquêteurs en leur remettant une copie des lettres, qu'elle comptait bien aller beaucoup plus loin dans la recherche de ceux qui auraient assassiné son mari et, surtout, qu'elle était reconnaissante devant l'Éternel de ma présence aussi inattendue que bienveillante dans leur vie. Sur le point de s'en aller, elle m'a regardé avec attendrissement et m'a dit : « *Sleep tight, God bless you* », en effleurant mon épaule d'un geste tendre.

Elizabeth a aidé sa mère à se rendre à sa chambre. Pendant ce temps, je suis allé voir les photos de mon père sur le monumental bahut au fond de la salle à manger. J'ai constaté avec contentement que j'avais des airs de famille.

Nuit étoilée

Cette nuit a été étrange, tout comme la situation dans laquelle je me trouvais depuis mon arrivée dans la maison de mon père. On m'avait assigné la chambre bleue au toit mansardé au bout du couloir du quatrième étage. Elle me rappelait la chambre chez les Rivard que je partageais avec Paul et Sylvain, mais en beaucoup plus spacieuse. Ému de constater que la vue des lucarnes était pratiquement la même que celle de mon enfance, j'ai fait un croquis des plus grosses étoiles dans le ciel.

J'ai ouvert les volets pour goûter au silence ponctué de chants magiques de grillons et de criquets. J'ai contemplé la dense forêt sans en avoir peur. Quelques lanternes alignées sur le chemin menant au manoir créaient un joli point de fuite.

Je me suis lancé de tout mon poids sur le lit à baldaquin en bois d'époque, accrochant au passage une partie des rideaux sans faire exprès. Je me suis empressé de les rattacher à la charpente. Je me sentais infiniment petit, perdu dans l'immensité de cette pièce au décor baroque. Le cœur gros, je me suis mis à imaginer la vie de mon père, m'inspirant des histoires que m'avait racontées Elizabeth ces derniers jours.

J'ai éprouvé brusquement de nouvelles douleurs oppressantes dans la poitrine, à la hauteur de l'omoplate, qui m'ont ramené à la réalité : l'étau se resserrait autour de moi. J'ai contemplé le ciel nocturne, comptant les étoiles pour calmer ma peur de l'inconnu. J'en ai choisi quelques-unes, les plus brillantes, et je leur ai donné des noms : Sylvain, Éva et Pablo. Je les ai fixées longuement à tour de rôle en formulant un vœu pour chacune, et j'ai prié avec ardeur.

J'ai eu de la difficulté à trouver le sommeil. Dormir ailleurs que chez moi est d'ordinaire complexe au début, tant la crainte qu'on m'y abandonne est réelle. Je mets un temps fou à me familiariser avec un nouvel endroit, à y installer mes habitudes, à repérer les sorties d'urgence et à me convaincre que je suis en sécurité. Cette nuit-là ne faisait pas exception aux émois que je vivais depuis l'enfance. Chaque fois que je me déracinais, il me fallait trouver une nouvelle terre dans laquelle me transplanter. Avec un peu d'amour, je pouvais espérer grandir, mais cela n'a pas toujours été le cas.

Tout à coup, j'ai entendu dans le couloir de petits pas feutrés qui se sont arrêtés à la porte de ma chambre. J'ai sursauté lorsqu'on a frappé quelques coups et je me suis levé avec stupeur. La voix de ma sœur s'est faite rassurante : « Olivier, dors-tu ? » « Non », ai-je répondu. « Puis-je entrer ? Je n'arrive pas à dormir. »

Je l'ai laissée pénétrer chez elle. Sans maquillage, elle était belle, tellement belle. Elle portait un pyjama en satin rose avec de grosses fleurs imprimées qu'il me semblait avoir vu dans un magazine de mode.

Même pieds nus, sans escarpins, elle avait la démarche d'une jeune reine. La classe ne se fabrique pas.

« Comment te sens-tu ? Aurais-tu préféré retourner à ton hôtel ? » m'a-t-elle dit d'entrée de jeu.

« Non, j'ai eu le choix de rester ou de partir, ai-je répondu. Me retrouver chez mon père me bouleverse. Je découvre un homme bon, je comprends mieux ma mère de l'avoir aimé et d'avoir accepté de ne prendre qu'une partie de son amour. »

Elle s'était assise en tailleur sur le lit, après en avoir eu la permission, tremblante. Je me demandais ce qui s'était passé quand elle s'est mise à pleurer à chaudes larmes. J'ai posé sa tête contre mon épaule, je lui ai caressé les cheveux comme un grand frère le ferait avec sa petite sœur à l'arrivée des terreurs nocturnes. Je lui ai demandé ce qui la mettait dans un état semblable. De quoi avait-elle peur ? Elle a mis un certain temps avant de me répondre, je l'ai sentie hésiter, mais elle a finalement marqué une pause pour ravaler ses sanglots.

« Je pense à notre père et je me demande comment il aurait vu nos retrouvailles. Quand j'ai lu les lettres que tu m'as remises, j'ai découvert son effroi face aux menaces qu'il croyait réelles. J'aurais aimé qu'il me fasse part de ses inquiétudes, je l'aurais protégé. Savoir qu'on a accéléré la mort de mon père me transperce le cœur. J'ai revois les dernières heures de sa vie et je peux mieux saisir ce qu'il tentait de nous dissimuler en se faisant rassurant avec nous. »

Elle s'est remise à pleurer. Je lui ai dit : « Demain, les enquêteurs viendront et nous en saurons davantage. »

Quand elle laissait tomber le personnage de femme d'affaires, elle était attendrissante. J'aimais cette version d'elle aussi. Je m'étais attaché sans trop de difficulté à la personne complexe qu'elle était, ce qui m'étonnait. Je suis plutôt méfiant de nature.

Elle m'a pris la main en me demandant de la suivre, elle voulait me faire visiter le bureau de son père au rez-de-chaussée, tout près des vastes jardins. J'ai reconnu les fleurs que j'avais vues dans le pot en granit devant sa tombe. Il y était inscrit sous son nom, en lettres noires gravées dans la pierre rose, *We never die*. Ce qui m'a donné du courage pour le voyage que je devrais faire bientôt. Malgré notre complicité et l'intimité grandissantes, je n'ai pas voulu partager ce secret avec ma sœur.

Elizabeth a récupéré une clef ancienne sur le rebord d'une des fenêtres de la cuisine. Elle a admis qu'elle n'y était pas allée depuis le décès de son père, seule sa mère avait le droit d'y entrer. L'idée de l'interdit l'a rendue fébrile. Nous nous sommes faits discrets dans la pénombre, nous sommes entrés sur la pointe des pieds, le craquement du plancher a failli nous trahir, et nous avons retenu notre souffle. Aucun bruit. Nous avons repris notre respiration normale. Au fond de la pièce trônait une immense bibliothèque garnie de centaines de livres. Je me suis approché, envoûté par les lectures variées de mon père. Des livres sur la boxe, bien sûr, mais aussi des volumes d'astrologie, des biographies, des essais de toutes sortes et, surtout, des livres de philosophie ancienne.

Grimpé sur l'échelle accrochée au meuble, je me suis surpris à en dévorer quelques-uns des yeux. Ma sœur était étonnée de constater mon rapport intime avec les livres. Tout en haut de la bibliothèque, en dégageant un manuel, j'ai découvert à ma grande surprise des dizaines d'œuvres littéraires françaises : Camus, Colette, Sartre, Baudelaire, Rimbaud et tant d'autres. À mon tour d'être épaté devant la culture de mon père. Ma sœur n'avait jamais vu ces bouquins. Elle ignorait que son père parlait le français jusqu'au jour où elle m'avait surpris à lire ses lettres.

Plusieurs pages des volumes étaient annotées, d'autres, cornées. J'ai compris que ces auteurs avaient inspiré mon père quand était venu le temps d'exprimer son amour à ma mère. J'y ai même retrouvé quelques passages qu'il avait recopiés intégralement sans en citer la provenance. Il avait eu tout de même la rigueur de les mettre entre guillemets.

Nous sommes partis en faisant attention de ne pas nous faire prendre, et nous avons regagné nos appartements respectifs. Je me suis étendu de tout mon long sur la couverture en lainage fin, incapable de me mettre sous les draps parce que je ne me sentais pas encore chez moi.

J'avais dérobé *L'Étranger*, de Camus, dans la bibliothèque du paternel. J'en ai relu des extraits pour mieux songer aux thèses de l'auteur, à l'absurdité de la vie et à l'inéluctabilité de la mort, quoi qu'on fasse.

Le fait de me retrouver dans l'intimité de mon père m'a donné la certitude d'avoir quelque chose en commun avec lui : la curiosité de la vie, des choses et des autres.

Je venais de trouver le sens qu'avait eu ma vie au moment de devoir la quitter. Je n'étais plus un étranger dans ma propre existence.

Je me suis endormi heureux, heureux comme jamais.

Le test

Juste avant de rejoindre sa mère au petit-déjeuner, Elizabeth est passée me chercher à ma chambre, comme nous en avions convenu la veille. Tels des enfants, nous avons sautillé pour descendre la centaine de marches menant à la salle à manger. Une fois en bas, son visage a pris un air tendu. Elle m'a dit qu'elle devait m'avouer quelque chose d'assez lourd. Je me suis aussitôt senti inquiet et nerveux, et elle s'est empressée d'ajouter qu'elle était désolée de ne pas en avoir parlé avant. J'appréhendais la suite.

« La première fois que je t'ai demandé de venir manger avec moi au restaurant, c'était dans le but d'obtenir un échantillon de ta salive pour faire un test d'ADN. Je voulais savoir si tu étais réellement le fils de mon père. J'étais de mèche avec le serveur. Entre deux services, je lui ai fait placer dans un sac un des verres dans lesquels tu avais bu, et je suis allée ensuite le remettre à un ami qui travaille dans un laboratoire. À fin de comparaison, j'avais apporté quelques cheveux prélevés sur le peigne de mon père. »

Surpris malgré moi, je lui ai répondu.

« Tu t'es donné bien du mal. Tu aurais dû me demander l'échantillon, je te l'aurais fourni volontiers. »

Elizabeth a hoché la tête, navrée.

« J'ai eu les résultats le lendemain. Tu es bien mon frère », a-t-elle dit avec un regard gêné. Elle m'a remis une feuille provenant du laboratoire, qui établissait entre Pablo Gonzales et moi un lien génétique parent-enfant avec une certitude proche de cent pour cent. Elle a baissé la tête en portant ses mains au visage, on y lisait sa honte.

« Je ne t'en veux pas, Elizabeth, dis-je, j'aurais sans doute fait la même chose. Quand on a de l'argent et qu'on est une personnalité publique, il y a toujours quelqu'un qui veut quelque chose de nous. Moi, je ne veux rien de toi, en fait si, une seule chose : connaître mon père à travers toi. » Mon ton se voulait rassurant et posé.

Soulagée, elle a retiré les mains de son visage pour les poser sur le mien puis m'a pincé les joues en riant : « Toi, je t'aime. » J'ai été touché.

« Le lendemain midi, quand je t'ai offert la place avec vue sur la salle du restaurant et que j'ai prononcé le mot "*brother*" en parlant au serveur, je savais déjà que tu étais mon frère. Et puis, à ce même repas, lorsque j'ai pris le verre en te regardant droit dans les yeux et en disant : "À nous !", je voulais dire que la vie était à nous, que je n'avais pas l'intention de te laisser partir, maintenant que nous nous étions retrouvés. Pour une fois que je m'attachais à un homme, à part notre père, il fallait que ce soit toi, Olivier. »

De la porte du jardin, la mère d'Elizabeth nous a alors appelés de sa voix forte, et nous nous sommes dépêchés de la rejoindre.

Les enseignements d'Éva

La matinée était déjà bien entamée, une douce rosée s'était déposée sur l'herbe fraîchement coupée la veille. Le soleil était resplendissant, sa lumière s'étendait sur les superbes jardins. Aucun nuage à l'horizon.

Une grande variété de fleurs ornait les lieux. La disposition des plants avait été soigneusement étudiée, tout y était en harmonie. En plein cœur de ce petit coin de paradis délimité par d'imposantes haies de cèdre parfaitement taillées prenait place une grande fontaine en pierre ornée d'un quatuor d'anges jouant de la musique. Une table rectangulaire noire en fer forgé entourée de dix chaises ajoutait à la prestance de cet espace. Elle était recouverte d'une épaisse nappe en coton, blanche avec des marguerites rouges, jaunes et mauves, toutes brodées à la main.

La marguerite est la première fleur que je me souviens d'avoir vue dans mon enfance.

Tout à coup, j'ai eu une pensée pour ma mère, qui m'a rendu nostalgique. Éva avait demandé bien peu de choses pour ses funérailles, mais des bouquets de marguerites figuraient sur la courte liste.

Autrefois, quand l'un d'entre nous se plaignait de son sort, elle nous clouait le bec : « J'ai dû être une marguerite dans une autre vie parce que, comme elle, je peux vivre n'importe où et je m'adapte à n'importe quelle situation. » Nous cessions aussitôt nos apitoiements.

Ma mère aurait adoré cette nappe impeccable, sans plis. « Il faut repasser dans un certain sens pour obtenir un beau résultat, il faut être méthodique, Olivier », se plaisait-elle à répéter lorsqu'elle faisait son repassage tous les dimanches matin après la messe de dix heures. Elle aurait apprécié l'abondance de petits détails dans cette nappe, car elle y accordait une importance exagérée. « Ceux qui font toute la différence », disait-elle avec conviction et dureté. Son passage dans les ordres avait certainement contribué à renforcer son côté tatillon.

J'avais hérité ce trait de caractère de ma mère, je planifie tout de façon méticuleuse et je vérifie mon travail pour qu'il soit parfait. Ma mère me disait souvent avant que j'entreprenne un projet : « Olivier, tant qu'à réaliser quelque chose, il vaut mieux bien le faire la première fois pour éviter d'avoir à le refaire. Il faut savoir exactement ce qu'on veut pour s'assurer d'accomplir la bonne chose de la bonne manière. À chaque étape, on doit prendre le temps de s'exécuter avec soin, précision et amour, parce que ça va se voir dans le résultat. Tout se voit. Et quand le projet est fini, avant d'en commencer un autre, arrête-toi, Olivier, contemple ton ouvrage sous tous les angles, vérifie s'il y a quelque chose qui dépasse, pour éviter que ça arrive la prochaine fois. » Les mots pleins de bon sens de ma mère trouvaient une nouvelle résonance maintenant que j'étais dans la demeure ostentatoire de mon père. Elle avait tout simplement raison.

J'ai senti l'odeur du café. Sur une grande desserte de jardin étaient disposés une variété de pains et de brioches, des viandes froides, des plats chauds et de petits pots de confiture. Une cruche de jus d'orange fraîchement pressé trônait au centre de la table, et une bouteille de champagne reposait dans un seau à glace d'époque. Les pièces maîtresses d'un service de vaisselle en porcelaine signé Ravello et des ustensiles en argent étaient posés autour de la table de façon harmonieuse et élégante. C'était la grande classe.

Toutes ces merveilles, ma mère aurait passé des heures à les astiquer, et elle y aurait trouvé son bonheur.

Les épanchements de Sofia

Souriante, Sofia Valentina Gonzales, la mère d'Elizabeth, nous attendait à l'entrée des jardins. Je ne l'avais pas encore vue sourire. Après m'avoir tendu sa joue, elle m'a montré de la main ma place aux côtés d'Elizabeth, en face d'elle. Elizabeth est allée saluer sa mère : « *Good morning, Mama* », a-t-elle dit avant de lui faire la bise sur les deux joues. Ce matin, Elizabeth semblait intimidée devant sa mère, à la limite de la soumission. La reine mère en imposait par sa façon de s'adresser aux autres, apparemment elle aimait donner des ordres.

De ma chaise, j'avais vue sur une partie des jardins, que je ne me lassais pas de contempler, et sur les immenses fenêtres du bureau de mon père, par où je voyais sa bibliothèque. Mon regard s'est perdu alors que je songeais aux lectures que j'avais faites durant une partie de la nuit. Sofia s'est mise à table. Elle a commencé par se raconter. J'ai jeté un coup d'œil à Elizabeth, qui ne paraissait pas apprécier le discours volubile de sa mère mais esquissait un sourire de temps à autre. Sofia nous a parlé de ses origines italiennes, de sa famille, l'une des plus fortunées d'Italie, qui s'était distinguée dans le textile.

À un moment, elle a été interrompue par le majordome, qui la prévenait que les enquêteurs allaient avoir un peu de retard, qu'ils devraient arriver dans l'heure.

Elle a repris la parole, se remettant à parler de sa relation avec mon père, et je me suis senti un peu mal à l'aise. Malgré cela, je voulais continuer à l'écouter, je voulais connaître Pablo Gonzales. Ils s'étaient rencontrés parce qu'elle aimait la boxe, elle l'avait repéré et le suivait à tous ses combats. Il avait fière allure et il était solide comme un roc, cela le rendait désirable. C'est elle qui a tout fait pour le séduire, lui n'était dédié qu'à son sport. Il voulait se sortir de la misère, prouver qu'il valait mieux que cela, il voulait devenir le champion de sa propre vie. Il n'a jamais oublié d'où il venait. Il s'en est fait même un point d'honneur. Elle voulait plutôt qu'il vive sa vie à elle, une vie tout en apparences. Pour le convaincre d'adhérer à son monde, elle lui a tout offert, il a presque tout refusé. Elle a mis un temps fou pour parvenir à ses fins. Comme l'odeur de l'argent le faisait fuir et que seule la victoire le motivait, elle a dû user de plusieurs stratagèmes pour qu'il tombe dans ses filets. Elle lui a fait miroiter l'Eldorado en finançant ses combats. Elle s'est plu à dire que c'était elle qui avait fabriqué la légende qu'il était devenu. Elle a tout fait pour qu'il l'aime.

Pendant ce monologue, Elizabeth trépignait sur sa chaise. Je l'ai regardée du coin de l'œil pour lui faire comprendre que j'étais habitué à écouter les gens et que tout allait bien. J'avais la patience de ma mère, ma sœur avait l'impatience de la sienne. J'ai cru que c'était les propos de Sofia qui la faisaient réagir de la sorte.

D'un air presque arrogant, la dame a expliqué qu'elle avait réussi à dompter l'animal en son mari, en l'amadouant peu à peu pour qu'il se plie à ses volontés, alors qu'elle avait la mainmise sur lui. Mon père, lui, n'aimait pas la cage dorée dans laquelle elle voulait l'enfermer. Mais le sens de l'organisation et de la gestion des affaires de cette jeune femme avait fini par le séduire, au point d'accepter de lui faire un enfant.

Quand Sofia est devenue enceinte, ses parents ont exigé que Pablo et elle se marient pour l'honneur de la famille. Leur union aura finalement été un mariage de raison pour son mari, elle en était davantage consciente depuis sa mort. C'était pour cela qu'elle lui avait offert plus tard une certaine forme de liberté, mais elle était restée d'une jalousie maladive. Fidèle à ses origines italiennes, elle mettait la famille au-dessus de tout, mais elle était prête aussi à beaucoup de sacrifices pour nourrir ses ambitions et concrétiser ses propres rêves.

Sofia Gonzales poursuivit, malgré le malaise apparent de sa fille. Elle avait aimé follement son homme jusqu'à ce que la mort les sépare, alors que lui avait été en retour d'une franchise désarmante envers elle, lui avouant dès le début de leur vie commune qu'il ne pouvait pas lui promettre de l'aimer de la même manière.

À l'instar de ma mère, la dame s'était elle aussi accommodée des miettes d'amour que lui avait offertes son Pablo. Je commençais à comprendre que l'amour qu'il avait connu avec ma mère était sincère, mais que son sens du devoir l'avait empêché de quitter sa femme. C'était à Éva qu'il faisait les confidences.

Elizabeth était de plus en plus gênée par les épanchements de Sofia. Visiblement, c'était la première fois qu'elle l'entendait parler de la sorte de sa vie de femme et d'épouse. Elle m'avait dit que sa mère buvait rarement de l'alcool et de façon plutôt modérée, mais ce n'était pas le cas à présent. Elle en était déjà à son troisième verre de mimosa alors qu'il était à peine dix heures du matin. Au moment où Sofia s'apprêtait à s'en préparer un autre, Elizabeth a retiré délicatement le verre de ses mains tremblantes. Un brin offusquée de l'intervention de sa fille, la dame s'est gardée d'en reprendre devant moi. Il lui restait encore quelques manières.

Sofia nous a avoué qu'elle avait découvert avec consternation mon existence le jour où elle avait surpris son mari seul, pleurant toutes les larmes de son corps dans son fauteuil favori face à sa bibliothèque, en buvant un cognac dans la pénombre. Il était inconsolable. Ce soir-là, il lui a tout dit. Or elle avait deviné la relation entre Éva et lui, depuis longtemps. *A woman always knows*, a-t-elle dit avec le peu de dignité qu'il lui restait. Elle n'en avait soufflé mot à personne.

Elle pensait avoir une longueur d'avance sur ma mère parce qu'elle croyait être la seule à avoir eu un enfant de Pablo. Elle a été aussi bouleversée que lui d'apprendre qu'il avait eu un garçon avec sa maîtresse. Elle a tenté de le consoler tout en se culpabilisant, elle qui n'avait pas pu lui donner un fils. Un mois après la mort de Pablo, elle avait écrit un mot anonyme à ma mère, lui affirmant que son homme était mort de chagrin à l'idée qu'il était le père d'un fils dont elle lui avait caché l'existence.

Elizabeth a violemment réagi à ce qu'elle venait d'entendre de la bouche de sa mère. Elle s'est levée de table et s'en est allée sans s'excuser, en jetant sur Sofia un regard furieux.

Je suis resté seul avec la dame, qui n'avait pas l'air de comprendre la réaction de sa fille. Je me suis permis de lui dire que les mensonges sont parfois difficiles à entendre, que j'en savais quelque chose. Elle m'a regardé droit dans les yeux, le visage fatigué et baigné de larmes, et elle m'a dit : « *I don't want to lie to Elizabeth anymore.* »

Les reliquats du passé

La mère d'Elizabeth m'a invité gentiment à visiter avec elle le bureau de son mari. Elle s'est levée péniblement, et je l'ai aidée à marcher, car son pas était vacillant. Elle a récupéré la clef dans la cachette que je connaissais déjà, puis elle m'a demandé d'ouvrir la porte. « C'est à toi que revient cet honneur », m'a-t-elle dit en anglais. Elle baragouinait le français, mais je la soupçonnais de comprendre davantage qu'elle ne le laissait paraître, je l'avais remarqué lors du repas.

Nous sommes entrés dans l'antre de mon père d'une manière presque solennelle. J'ai fait comme si c'était la première fois que j'y mettais les pieds. Je l'ai aidée à s'asseoir dans l'un des fauteuils au fond de la grande pièce, le plus confortable. Ses quatre-vingts ans paraissaient, elle montrait des signes d'essoufflement.

À la lumière du jour, je pouvais mieux apprécier ce que je voyais de cet endroit à l'image de mon père, à la fois bordélique et organisé. Lui seul devait pouvoir s'y repérer. Malgré cela, il y avait une certaine logique dans la disposition des objets. De magnifiques dessins au fusain de lui en boxeur, des médailles de toutes sortes, deux ceintures qui sentaient encore la victoire.

Je me suis assis dans la chaise du paternel, après avoir obtenu l'autorisation de sa femme, et j'ai regardé autour de moi, étirant ce moment de béatitude aussi longtemps qu'il m'a été permis de le faire. La veuve m'a observé, fière de son initiative, mais songeuse et préoccupée, sûrement par la réaction d'Elizabeth.

Elle m'a demandé si je savais pourquoi son mari ne s'était jamais confié à elle, pourquoi il avait choisi ma mère comme âme sœur. J'ai murmuré quelques mots, mon regard innocent tentant de la convaincre que c'était délicat pour moi de me prononcer. Elle a tout de même voulu savoir comment était ma mère. Elle désirait que je lui parle d'Éva, ce dont je me suis abstenu. Je lui ai seulement dit que ma mère n'avait aimé que Pablo dans sa vie, qu'elle était au courant de l'existence de sa famille à lui et qu'elle était devenue au fil des années davantage une confidente qu'une amoureuse. Je lui ai menti pour soulager sa douleur.

Elle m'a demandé d'ouvrir le troisième tiroir du bureau et d'en retirer une pochette en velours rouge que j'ai tout de suite reconnue. Une sueur froide m'a coulé dans le dos. Je la lui ai tendue, elle l'a prise et en a sorti sous mes yeux ébahis un chapelet en cristal Swarovski, identique à celui que j'avais trouvé dans les affaires de ma mère. Avec son index, elle m'a montré une écriture à peine lisible au dos du cœur qui mettait en valeur le visage d'une Vierge miraculeuse. Il y était inscrit

« Pablo ». Elle avait compris que son mari entretenait une passion clandestine au moment où elle avait trouvé cet objet. Elle savait que son mari n'était pas très pieux…

Elle m'a dit de prendre ce dont j'avais envie, que tout cela me revenait. Je m'en sentais incapable, car c'était à elle. Mais comme elle me réitérait l'importance d'emporter quelque chose de lui, j'ai opté, après avoir hésité un peu, pour le stylo à plume, sans doute celui dont il se servait pour écrire à ma mère.

Le soir où mon père avait tout avoué à sa femme, il lui avait révélé que son rêve aurait été de me connaître, de rattraper les années perdues. Cependant, il ne voulait pas faire irruption dans ma vie sans l'accord d'Éva, accord que ma mère ne pouvait lui donner puisque l'alzheimer s'était emparé de sa mémoire. Sofia savait pour la maladie de ma mère. Elle m'a dit comprendre les actes de ma mère même si le fait de voir son homme aussi dévasté l'avait rendue triste.

Sofia Valentina Gonzales a versé quelques larmes et elle m'a lancé : « *I miss him. Those responsible will pay for his death, I swear to you.* »

Je n'ai pas su comment réagir.

Le jeu des apparences

Je suis monté retrouver ma sœur dans sa chambre. Recroquevillée sur elle-même, elle était visiblement sous le choc. À ma demande, elle s'est assise sur le bord du lit, m'a jeté un regard abattu et m'a dit : « Mon royaume est en ruine. » J'ai pris sa main dans la mienne, nos doigts se sont entrelacés et je me suis mis à fredonner une ritournelle de mon enfance pour l'apaiser. Elle s'est calmée au son de ma voix, et elle a même pouffé de rire au moment où j'ai perdu mon souffle et où je ne pouvais tenir la note du refrain.

« Mon père a trouvé en ta mère la simplicité qui lui rappelait son monde à lui, alors que l'univers de ma mère lui semblait artificiel, fabriqué de toutes pièces. Ma mère devait aspirer à être à la hauteur de ses parents, quels que soient les moyens qu'elle prenait pour y parvenir. Je ne peux pas lui en vouloir, et même si la vérité fait mal, j'aime mieux l'entendre de sa bouche. Olivier, je n'ai pas toujours été honnête, je me suis souvent laissée prendre au jeu des apparences et j'y ai joué moi aussi. J'ai de moins en moins envie d'y participer depuis que tu es dans ma vie. Merci », m'a-t-elle soufflé tout doucement.

Malgré nos différences évidentes, nous avions vécu tous les deux dans les mensonges de nos parents, nous avions cela en commun.

Je lui ai répondu qu'il était temps de descendre au salon. On venait de sonner à la porte, les enquêteurs étaient arrivés.

L'enquête

Après les présentations d'usage, les agents nous ont fait comprendre que la mort de Pablo Gonzales avait été selon toute vraisemblance provoquée, il s'agissait bien d'un assassinat. Ils avaient fait le tour des deux noms évoqués dans les lettres. Si chaque individu cité avait un alibi, quelque chose clochait tout de même dans l'ensemble des témoignages obtenus, ce qui avait poussé les enquêteurs à approfondir leurs recherches. Ils avaient découvert un mobile de crime plausible. Pablo avait remarqué des irrégularités dans les rapports financiers fournis par son conseil d'administration et il s'en inquiétait, il voulait interroger le comptable. La veuve a reconnu devant nous la droiture de son mari, mais il était clair qu'elle aurait aimé qu'il lui fasse part de ses soupçons. Elizabeth a rétorqué qu'elle connaissait bien les valeurs de son père, qu'il ne voulait sans doute pas accuser quelqu'un sans avoir en sa possession des preuves irréfutables de malversation.

Pour être en mesure de procéder à des arrestations, les agents avaient besoin de données qu'ils ne pouvaient obtenir qu'en pratiquant une autopsie, ce qui n'avait pas été fait car le décès avait semblé dû à une cause naturelle. Elizabeth s'est rapprochée de sa mère, l'a serrée contre elle avec affection, puis elle m'a tendu une main, que j'ai saisie. Nous étions ensemble, presque une famille. Nous sommes demeurés ainsi, muets, incapables d'envisager la suite. Nous voyant dans cet état, l'un des deux agents, plus prévenant que son collègue, nous a demandé si nous voulions faire une pause. Nous étions dans l'impossibilité de répondre.

Quelques longues minutes ont finalement suffi pour nous extirper de notre torpeur. Brusquement, la veuve a autorisé l'exhumation du corps. Elizabeth et moi avons acquiescé du regard.

Je suis resté avec elles pendant plusieurs heures, le temps de me reprendre et de ramasser mes affaires. Nous nous sommes donné rendez-vous au cimetière le lendemain soir, à vingt-deux heures.

Erreur sur la personne

Je suis rentré à New York après avoir remercié ma nouvelle famille. Tout le long du trajet, je n'ai pas dit un seul mot, malgré les tentatives répétées du chauffeur d'engager la conversation. J'étais si occupé dans mes pensées que je ne faisais pas attention à ce qui se passait autour de moi. Le chauffeur a dû me répéter à trois reprises que nous étions arrivés à mon hôtel.

La pluie se déversait par torrents sur la ville, alors qu'il avait fait si beau le matin même. De ma chambre, je distinguais tout juste la silhouette des gratte-ciel. Le tonnerre de la colère divine se faisait entendre, des éclairs fendaient le ciel tandis que la pluie dégoulinait le long des fenêtres. Malgré le fracas, je me sentais protégé dans mon refuge. J'observais l'orage dehors tout en sachant que mon orage intérieur s'était dissipé depuis quelques heures. Pour mon plus grand bien.

J'ai décidé de consulter ma boîte vocale. La voix métallique m'a annoncé que j'avais des dizaines de messages non écoutés et que plusieurs d'entre eux allaient disparaître dans la journée si je ne les consultais pas. Je me suis résigné à écouter le plus ancien, le premier après celui que Mariette m'avait laissé pour m'apprendre la disparition de ma mère. J'ai cru reconnaître la voix du médecin des urgences et j'ai été pris d'un tremblement nerveux, chaque cellule de mon corps vibrant au souvenir des mots prononcés par cet homme pressé. J'appréhendais qu'on me fasse des remontrances pour être parti si brusquement de l'hôpital, à la recherche d'une liberté provisoire, et pour n'avoir fait de suivi avec personne. Mais non. Plus j'écoutais ses mots, moins je les comprenais. La voix du médecin était plus sympathique qu'au moment où il m'avait annoncé la terrible échéance. J'ai dû réécouter une dizaine de fois le message pour m'assurer d'avoir bien saisi les propos.

« Bonjour, monsieur Dubreuil, le Dr Blondeau à l'appareil. J'ai une bonne nouvelle pour vous. Quand vous êtes venu, quelqu'un de notre service a interverti les scans, les radiographies, vos labos... En fait, votre dossier avait été enregistré au nom du patient qui était dans la salle d'examen voisine de la vôtre, et le sien l'a été à votre nom. Une erreur humaine, bête, je vous l'accorde. Ça n'arrive jamais, bon, rarement. La direction de l'hôpital a été avisée, elle aussi communiquera avec vous. Le tourbillon des urgences ne saurait nous faire excuser, mais... Bref, vous avez reçu un mauvais diagnostic. C'est le stress qui est le principal responsable de vos douleurs. Vos analyses à vous étaient normales, sauf peut-être pour des diverticules. Vos intestins étaient tout simplement enflammés, il faut croire. Je ne serais pas étonné que vous vous sentiez mieux depuis notre rencontre. Voilà, je vous présente nos sincères excuses. Je vous souhaite une longue vie. N'hésitez pas à communiquer avec moi si vous en ressentez le besoin, j'aimerais vous parler. Voici mon numéro, enfin, mon numéro personnel... Désolé. »

Je suis resté interdit pendant un long moment. Puis une indescriptible joie m'a envahi. Une joie mêlée à une certaine consternation. Je suis allé à la fenêtre crier mon émotion, qui a été engloutie par l'effervescence de la circulation. La pluie tombait toujours, plus finement que tantôt. J'ai regardé au loin, je me suis vu.

Courir

Le lendemain matin, je suis allé courir, courir jusqu'au bout de mon souffle. Il y avait très longtemps que je n'avais pas couru, et j'étais vivant. Au début, mes chaussures mordaient l'asphalte, s'agrippaient au sol, mais plus j'avançais, plus mes pieds sont devenus légers, j'étais aussi léger qu'une gazelle. Je me sentais tellement soulagé ! La vie m'était revenue. Mon corps légèrement incliné poussait le vent, qui venait de se lever et glissait sur mon chandail comme l'eau sur le dos d'un canard. Plus rien n'allait m'empêcher d'avancer. J'étais déterminé à toucher tous les possibles.

Une fois à Times Square, quand j'ai crié à pleins poumons « *I'm alive, I'm alive* », les passants ont jeté sur mon exubérance des regards sceptiques et ils ont poursuivi leur route. J'ai repris la mienne, après avoir vérifié ma fréquence cardiaque pour me rassurer. J'avais tout de même cinquante ans et le corps prématurément usé par le stress, usure que j'avais souvent sous-estimée.

La grande ville était anormalement calme. Sur mon trajet, des trottoirs fumants et des tuyaux en plein milieu des rues laissaient s'échapper des nimbes de fumée blanche parfois nauséabonde. Des gens à moitié endormis tentaient de se réveiller à l'aide d'un café. L'odeur d'œufs frits, de *pancakes* et de bacon est venue me chatouiller les narines. La brume matinale s'estompait tandis que le soleil menait un combat contre les nuages. Il faisait un temps frais pour juillet, les prévisions annonçaient un réchauffement en après-midi.

J'ai arrêté ma course à la vue d'un étalage d'onctueux *cheesecakes* dans une vitrine de café-pâtisserie. J'ai fait quelques pas sur place pour ne pas briser ma cadence, hésitant un quart de seconde pour finir par entrer. J'ai commandé une part de divers gâteaux et j'y ai goûté sans la moindre culpabilité. Par la vitre, j'ai regardé vivre New York.

Ensuite, j'ai poursuivi ma course jusqu'à mon père.

En appuyant mon corps en sueur contre sa pierre tombale, j'ai repris mon souffle, étanché ma soif avec une boisson énergisante au parfum de clémentine, puis j'ai poussé un énorme soupir de soulagement. J'étais heureux.

Le bruit des tondeuses, des coupe-bordures, des taille-haies est venu camoufler le son de ma voix alors que je racontais à mon paternel les événements des derniers jours. Je n'ai pas omis un seul détail. J'avais du temps devant moi.

Il y a eu cet instant de synchronicité, ou de simple hasard, au moment précis où j'ai dit à mon père, à la fin de mon long exposé : « Papa, sache que je t'aime. » Tous les moteurs se sont éteints en même temps, les jardiniers ont cessé leur travail pour faire leur pause matinale. Ma déclaration d'amour a retenti dans le cimetière, dans mon âme et dans mon cœur. Involontairement, j'ai éclaté de rire. J'allais revenir le soir même pour l'exhumation de son corps.

Le cruel dilemme

Convaincu que mes jours étaient comptés, j'apprivoisais désormais avec un soulagement indéfinissable le fait de ne pas être mourant, d'avoir la vie devant moi. Je demeurais tout de même aux prises avec un cruel dilemme : puisque je savais maintenant que la date d'échéance n'était plus proche, qu'allais-je faire du reste de ma vie ? Que faire des décombres de l'existence que j'avais laissée derrière moi ?

Puis une autre question m'a tiraillé : qui était cette personne qui avait reçu un bilan de santé positif alors qu'elle allait mourir, probablement dans trois mois tout au plus ?

J'ai fini par rappeler le Dr Blondeau, j'ai marchandé avec lui afin qu'il me donne le nom de la personne inconnue qui, autant que moi, avait été lésée par l'erreur de l'hôpital. Il n'était pas en mesure de refuser ma demande. J'ai évoqué la plainte que je pourrais déposer contre lui, contre son établissement, au Collège des médecins, des appels que je pourrais faire aux médias. Les détails de sa négligence feraient une maudite bonne histoire. Devant ma juste colère, il a cédé, après avoir vérifié auprès de la personne si elle était d'accord pour me rencontrer, elle qui n'avait appris la vérité que quelques jours plus tôt.

Il me fallait faire cette démarche. J'ai insisté parce que je voulais lui faire part de ce que j'avais appris pendant cette vingtaine de jours où j'étais certain que j'allais mourir.

Exhumer le passé

Le soir était tombé sur New York, mais il restait une vive effervescence aux alentours du cimetière, dont l'incessant roulement des voitures. Malgré la brume qui recouvrait une partie du ciel, la lumière émanant des édifices avait réussi à se répandre jusqu'à l'endroit où nous étions rassemblés, autour d'une fosse, pour exhumer le corps de Pablo Gonzales.

Les policiers étaient arrivés sur les lieux depuis un petit moment, le coroner aussi. La pelle mécanique avait commencé à faire son travail, sous le regard ahuri de la veuve de mon père, agrippée à sa fille et à moi, qui tenais fort l'une des mains gantées d'Elizabeth. Elles portaient toutes les deux le noir et le voile pour la circonstance. Chacune avait son chapelet en bois ancien orné d'une petite croix en cuivre, chacune l'égrenait entre ses doigts en récitant en chœur *Hail Mary, full of grace*.

J'avais glissé discrètement sous ma chemise noire boutonnée jusqu'au cou le chapelet que ma mère avait offert à mon père et que son épouse m'avait remis. Mon col m'étouffait, la chaleur aussi. Des gouttes de sueur perlaient sur le front de la vieille dame. Je lui ai proposé de s'asseoir sur le banc en granit, elle a accepté.

Les ouvriers ont soulevé le cercueil, ils l'ont aspergé d'un produit chimique. J'étais stupéfait d'assister à une telle activité, entre rite et spectacle, mais pas autant qu'Elizabeth, qui était dévastée à l'idée de faire subir à son père un sacrilège, bien qu'elle en ait compris la nécessité.

Pendant ce temps, Sofia Gonzales, qui avait repris contenance, m'expliquait qu'elle avait choisi un cercueil en aluminium blanc avec des poignées en laiton et un double fond pour retarder le plus longtemps possible la détérioration de la dépouille. Elle l'avait fait entourer d'une terre glaiseuse pour minimiser les infiltrations d'eau.

On a déposé le cercueil sur le sol, à quelques mètres de la fosse. Les agents nous ont demandé d'attendre un peu avant que nous puissions voir le corps. Je n'étais pas certain de vouloir vivre cette expérience, mais Elizabeth a insisté pour que je l'accompagne jusqu'au bout. J'ai accepté.

Le médecin légiste nous a fait signe que nous pouvions nous approcher, nous avons aidé la vieille dame à se lever et à marcher. La lenteur de ses pas a imposé un aspect solennel à cette démarche de rétablissement de la vérité. À quelques mètres de la bière, je me suis arrêté, les deux femmes aussi, et j'ai prié en silence pendant quelques secondes, le temps d'honorer ce moment. Puis nous avons repris le pas, la peur au ventre.

L'architecture du visage de mon père était quasiment intacte, sa peau aussi. Ses mains étaient pareilles aux miennes. Rien n'était venu l'abîmer. C'était fascinant et déconcertant à la fois. Soudain, sa veuve s'est écroulée au sol au moment où elle se penchait pour le voir. Sous le regard affolé d'Elizabeth, elle avait brutalement perdu connaissance, se blessant au genou en chutant.

Des ambulanciers appelés par les policiers sont venus la chercher. Elizabeth l'a accompagnée tandis que je suis resté avec mon père, jusqu'au moment où il a été emmené au laboratoire médicolégal.

L'image de mon père en tête et toujours sous le choc de ce que je venais de vivre, j'ai marché jusqu'à mon hôtel. Quelques heures plus tard, Elizabeth m'a appelé pour me rassurer quant à l'état de santé de sa mère. Celle-ci avait eu un coup de chaleur et s'était fait une petite entorse au genou droit, qui allait nécessiter quelques jours de repos. Avant de raccrocher, elle m'a dit : « Merci d'être dans ma vie. J'aimerais beaucoup que tu y restes. »

Je me suis fait couler un bain chaud rempli de mousse et j'y ai plongé la tête, comme je le faisais quand j'étais enfant, j'y suis resté de longues secondes. Sous l'eau, je n'entendais plus que mon cœur dont je tentais de maîtriser la cadence.

Le dernier soir

J'ai passé une bonne partie du lendemain à flâner au lit. J'ai commencé à imaginer la suite des choses.

J'ai téléphoné à Elizabeth. Encore remuée par les événements de la veille, elle avait rêvé de son père. Elle m'a avoué qu'elle aurait préféré ne pas le revoir. Elle s'était rendu compte que son deuil était loin d'être fait, elle éprouvait à nouveau de la colère.

C'était mon dernier soir sur l'île de Manhattan. J'ai pris un taxi, j'ai traversé un pont et je suis allé manger dans le Queens, où un grand chef du Québec avait élu domicile et dont l'excellente table avait reçu tous les honneurs. J'y ai dégusté un succulent poisson, j'ai bu un excellent vin blanc.

Dans mon calepin à la couverture de cuir rouge, j'ai fait un croquis de New York vue du Queens en écoutant du jazz se mélanger aux murmures de la salle à manger. J'ai été assailli par un sentiment enveloppant de bien-être ; contre toute attente, j'avais vu mon père, moi qui avais tant rêvé de le voir, et j'avais maintenant la vie devant moi.

Après avoir poussé un soupir de soulagement, j'ai repris mon crayon pour dessiner les contours du One World Trade Center.

Olivier

Revenir chez soi

J'avais terminé ce que j'avais à faire dans cette ville, pour laquelle j'éprouvais une affection renouvelée. Je m'y sentais chez moi. J'aimais tout de New York, même ses défauts. Je prenais tout ce qu'elle pouvait m'offrir, et cela pouvait varier d'une journée à l'autre, telle une personne d'humeur changeante. Mais elle était fascinante, remplie de secrets et de beaucoup d'humanité derrière ses façades scintillantes.

Grâce à cette ville, l'anonymat m'avait astreint à ne plus rien attendre du regard des autres. J'ai dû retourner ce regard sur moi. Je me suis promis d'y revenir maintenant que j'avais retrouvé mon père, son monde et sa fille.

J'ai fait mes valises. J'avais fait mes valises tellement de fois. J'ai jeté la plupart des Post-it de ma mère au fond de la corbeille, après les avoir déchirés en petits morceaux pour que personne ne découvre ses mensonges. Je n'en ai conservé que trois, trois bouts de papier verts où il était question de moi, en espérant que c'était pour elle des vérités. « Olivier a eu une fille, il l'a gardée. » « Mon Olivier est devenu une vedette. » « Mon fils vient de remporter un trophée, je suis fière de lui. » Je les ai glissés dans la poche de poitrine de ma chemise, sur mon cœur, pour qu'il les entende sur la route du retour. Éva n'avait jamais cru bon de me dire ce genre de choses, car cela aurait pu me monter à la tête, c'est ce que lui dictaient ses convictions strictes, bien établies et bornées. Au contraire, cela m'aurait fait le plus grand bien de l'entendre m'encourager, j'aurais arrêté de désespérer qu'elle m'offre son approbation. J'en ai beaucoup souffert, mais sans doute que ces souffrances ont eu l'effet d'un moteur pour m'aider à gravir les marches de la gloire, sans que je puisse jamais croire être parvenu au sommet. Les sommets sont peu encombrés, la solitude s'empare des hauteurs et donne le vertige. Il vaut mieux redescendre là où l'air est moins rare. Je respirais, enfin.

J'ai vidé ma chambre d'hôtel, où j'avais éparpillé mes affaires un peu partout. J'ai pris la vieille valise par la poignée en bois, j'y ai remis toutes les lettres. Elizabeth m'avait rendu celles que je lui avais prêtées pour rassembler les éléments pouvant soutenir notre hypothèse sur la mort de notre père. Tout était dans la valise, y compris l'odeur du parfum aux agrumes de ma mère.

J'ai traversé le pont de Brooklyn pour voir Manhattan dans mon rétroviseur. J'ai entrepris de parler à mon ami Sylvain. Je sentais à nouveau sa présence, surtout depuis que j'avais prié en pensant à lui et en regardant les étoiles dans la chambre du manoir de mon père.

Mon voyage m'a semblé court tant j'avais de choses à lui dire.

À la mémoire d'Éva

Quelques jours après mon retour de New York, je suis allé passer un dimanche après-midi chez Mariette, comme ma grand-mère aimait le faire. Nous avons fait tourner la chanson *Frédéric* de Léveillée en boucle pour nous rappeler ces rendez-vous hebdomadaires avec une pointe de nostalgie. Sa sœur Agathe et moi, nous nous sommes mis à jouer aux cartes en ressassant le passé d'Éva. Sa présence nous manquait. Chacun y allait de ses commentaires.

« Pauvre Éva, elle n'a jamais connu l'amour, les plaisirs de la chair, elle a passé sa vie à expier le péché d'avoir enfanté. J'aurais aimé la voir amoureuse », a soupiré Agathe.

« Éva ne s'est jamais donné la permission d'aimer depuis que notre père l'avait prise en flagrant délit avec le jeune Parent dans la *shed*, il l'avait traumatisée. Il était plus sévère avec elle qu'avec nous, certain. Je pense qu'il l'aimait plus que nous », a ajouté Mariette d'un ton convaincu.

« Un peu trop », a poursuivi Agathe, songeuse.

Mariette a regardé sa sœur, ébranlée. Elle lui a demandé : « Qu'est-ce que tu veux dire ? Je ne comprends pas. Es-tu en train d'insinuer que notre père aurait eu un mauvais comportement avec Éva ? »

Je suis resté bouche bée.

Agathe a tout balancé d'un coup.

« Un soir, j'ai surpris notre père à toucher la poitrine d'Éva, elle devait avoir dix-huit ans, elle pleurait en disant "Non, papa, non, papa". J'ai crié pour qu'il arrête et je l'ai averti de ne plus jamais mettre ses mains sur ma sœur, sinon je le dénoncerais. » Agathe semblait soulagée d'avoir éventé ce secret qu'elle conservait depuis si longtemps, mais Mariette et moi n'en éprouvions aucun soulagement. Nous étions estomaqués.

Mariette, les yeux mouillés, a regardé Agathe : « Pourquoi tu ne l'as pas dit avant ? C'est arrivé après son retour à Montréal, après qu'elle a eu accouché d'Olivier ? » Agathe a hoché la tête. « Moi qui croyais tout savoir d'Éva », a balbutié Mariette.

Dans la foulée des révélations, je me suis lancé : « Mariette, savais-tu que mon père biologique était un Américain ? »

Stupéfaite, elle a répondu : « Non. »

Je leur ai alors tout raconté, tout ce que j'avais appris ces dernières semaines. J'ai parlé jusqu'au repas du soir. Mes tantes étaient à la fois sous le choc de ce qu'elles entendaient et heureuses pour moi.

Autour d'un délicieux repas concocté par Mariette, nous nous sommes enfin tus pendant une longue minute en hommage à la mémoire d'Éva.

La première fois

J'ai sonné à la porte d'une jolie maison en bois jaune ocre aux volets bleus située dans un secteur agréable et cossu d'Outremont. Elle appartenait à cette inconnue à qui on avait dit qu'elle n'avait rien de grave alors qu'en réalité elle n'allait pas bien du tout. C'était la patiente de la salle d'examen à côté de celle où j'étais, le jour où on m'avait annoncé la nouvelle dévastatrice. Nicole avait accepté ce rendez-vous avec moi pour je ne sais quelle raison. Pour moi, il était important que je lui parle.

J'ai entendu au loin une voix enjouée m'invitant à aller la rejoindre dans la cour. Je m'y suis dirigé, le cœur agité, très gêné à l'idée d'être en sa présence. Elle avait une longueur d'avance sur moi, elle savait qui j'étais alors que je ne savais rien d'elle, sauf ce qu'il allait probablement lui arriver dans quelques mois.

Elle était au fond du jardin à nettoyer ses plates-bandes, ses cheveux châtain brun étaient remontés en chignon. Elle s'est retournée dès que je me suis approché, elle était belle, belle comme le printemps. Une fleur parmi les fleurs. Elle avait la quarantaine tout juste entamée, un regard vif, elle s'est levée d'un bond pour me saluer et me faire la bise. Plus je la regardais, moins j'étais convaincu de la pertinence de cette rencontre. Moi, j'étais le chanceux qui allait vivre et elle n'aurait pas cette chance.

Nous avons à peine effleuré le sujet de sa maladie, elle semblait sereine face à son sort. Moi qui croyais lui offrir quelque chose de ce que j'avais appris pendant toutes ces semaines où je pensais mourir, j'ai compris avec étonnement que c'était elle qui en avait à m'apprendre.

« Vous savez, Olivier, j'ai toujours vécu comme si j'en étais à ma dernière journée, c'est ma mère qui m'a enseigné à regarder ce que j'avais déjà plutôt que d'espérer inutilement. Tous les jours, j'ai eu un regard neuf sur la vie, l'occasion d'en faire quelque chose. Je sais que si un obstacle se présente sur ma route, c'est pour une bonne raison. Je ne sais pas encore pourquoi j'ai reçu ce diagnostic implacable, mais je veux comprendre le plus de choses possible avant de quitter ce monde, je veux avoir l'impression d'être allée au bout de mon existence sans avoir laissé échapper une seule seconde d'apprentissage. J'ai compris depuis longtemps que la vie est une maladie mortelle. »

Elle m'a dit tout cela candidement, en me regardant de ses grands yeux vert émeraude, et j'ai acquiescé d'un signe de la tête. J'ai été séduit par sa sagesse ; je savais que j'étais condamné à l'aimer.

Des nouvelles de New York

Elizabeth et moi, nous nous sommes mis à communiquer régulièrement, nous pouvions passer des heures devant nos écrans à nous raconter nos vies, comme des adolescents. Cependant, je ne lui avais encore rien révélé du mauvais diagnostic que j'avais reçu, ni dans quelles circonstances j'avais rencontré Nicole. Je ne l'avais dit à personne, d'ailleurs. Je ne comptais pas le faire.

Ce soir-là, il se faisait tard et, avant de mettre fin à notre échange, je lui ai demandé des nouvelles de sa mère. La dame périclitait depuis l'exhumation. Elizabeth en était dévastée.

« Ma mère est encore ébranlée par les chamboulements des derniers jours. Son cœur est abîmé, son dos s'est voûté et ses jambes ne sont plus en mesure de la soutenir. La vieillesse l'a rattrapée. Nos conversations sont plus rares, elle passe la plupart de son temps dans le bureau de notre père, d'où elle mène sa propre investigation en fouillant la paperasse, obsédée par l'idée d'y trouver d'autres vérités. Elle a découvert plusieurs documents représentant des preuves supplémentaires contre les personnes visées par l'enquête policière. Elle a tout remis aux agents, il ne reste plus que les résultats de l'autopsie à obtenir. »

Faire peau neuve

Cela faisait déjà plusieurs semaines que j'étais revenu chez moi. Je m'étais délesté de beaucoup d'objets. Je ressentais le besoin de balayer le passé. J'avais fait repeindre en blanc crème les murs de la salle à manger et du salon, j'avais fait réparer la toiture, ramoner les cheminées, nettoyer toutes les fenêtres, effectuer des petites réparations, j'avais acheté des nouveaux meubles après avoir donné les anciens. J'avais même choisi avec soin un nouveau parfum d'ambiance pour qu'un acheteur potentiel s'y sente bien. J'y avais vécu depuis la naissance de Jasmine, je voulais que ce soit la maison de son enfance et j'avais respecté ma promesse. Maintenant, je pouvais partir le cœur léger et avec le sentiment du devoir accompli. Je voulais faire peau neuve.

Quand je repensais à cette maison, un tas de souvenirs me revenaient à l'esprit. Ces murs avaient tout entendu : nos rires, nos pleurs et tellement de beaux moments, les festifs avec mes amis, les intimes avec mes amours. Vingt-cinq ans que j'aurais tout partagé avec elle ; il était temps de la quitter.

J'ai planté moi-même la pancarte *À vendre* dans le gazon, j'ai regardé une dernière fois la demeure en la remerciant, et j'ai pris la route vers la campagne.

Je suis allé m'établir dans un chalet face à un lac et à une montagne, comme j'en avais toujours eu envie. Je n'avais presque rien apporté de l'ancienne maison, qui s'était vendue d'ailleurs en quatre jours. Je passais mon temps à contempler l'horizon, souvent jusqu'à m'y perdre.

Je pensais de plus en plus à Nicole, cette femme qui avait fait chavirer mon cœur. Je pouvais facilement voir notre histoire basculer, mais j'hésitais à me laisser aller à l'amour, sachant que sa finalité était déjà dessinée. Nous nous parlions tous les jours avec le même bonheur. Nous passions des heures à échanger, comme si nous nous connaissions depuis longtemps.

Malgré une fatigue apparente, elle n'avait pas l'air de quelqu'un qui allait bientôt mourir, et cela me perturbait énormément. Et si l'on s'était trompé de diagnostic une fois de plus ?

L'irréfutable preuve

Le soleil venait de se lever, et moi avec lui, quand Elizabeth m'a appelé sur Skype, toute remuée. Sa mère était assise à ses côtés, son teint blafard en disant long sur son état de santé. Ma sœur m'a demandé de m'asseoir, elle venait juste de recevoir les résultats de l'autopsie, elle devait m'en faire part, puis elle m'a annoncé sur un ton grave ce que nous redoutions tous : « Notre père a été empoisonné, Olivier, on l'a tué. Cela a été fait de façon progressive et subtile. Les résultats de l'autopsie en sont la preuve irréfutable. Les enquêteurs ont un dossier béton pour procéder à l'arrestation de deux membres du conseil d'administration. On va devoir vivre un procès très difficile, mais nous n'y sommes pas encore. Ça peut prendre des années. »

J'étais soulagé d'avoir enfin la confirmation de la cause véritable de la mort de Pablo Gonzales, et tout de même sidéré que quelqu'un ait intentionnellement mis fin à sa vie.

La reine mère a pris la parole, en tenant la main de sa fille. Elle m'a dit sur un ton solennel et d'une voix brisée, en retenant du mieux qu'elle pouvait ses larmes : « *Without you, we would never have known. Thank you. I will always be grateful for what you've done for us. Your father would have been proud of you. God bless you.* »

Je l'ai remerciée, mais je me suis empressé de dire que le mérite revenait à Éva, qui avait conservé toute leur correspondance. Sofia a timidement acquiescé, puis elle s'est excusée de devoir nous quitter, la fatigue et l'émotion l'ayant gagnée. Elle était triste à voir, elle se déplaçait avec difficulté, et il était clair qu'une partie d'elle avait rendu les armes, qu'elle voulait rejoindre son Pablo, comme elle le lui promettait la première fois que je l'avais vue au cimetière. Elizabeth m'a fait une bise virtuelle et nous nous sommes promis de nous rappeler.

Plus tard, je suis allé jusqu'à la montagne, je l'ai escaladée, je me suis rapproché du ciel et j'ai pleuré mon père.

Un charme inexprimable

L'amour s'approchait de moi, l'évidence de cet amour aussi. J'éprouvais pour Nicole une affection de plus en plus concrète. Les commencements ont un charme inexprimable, c'est ce qui les rend si délicieux.

Je savais que ses jours étaient comptés, et je sentais que je n'avais plus une minute à perdre. Je devais lui avouer mes sentiments. Mais c'est elle qui a pris les devants, c'est elle qui m'a dit, un soir où je m'en allais après avoir passé la journée avec elle : « Olivier, je t'aime. Le reste n'est que du bruit. »

Bouleversé par cette déclaration, que j'espérais pourtant, je suis resté chez elle à son invitation et nos corps se sont découverts jusqu'aux premières lueurs du jour. Le premier jour de notre histoire.

Le traitement ultime

Plus les semaines avançaient, plus Nicole s'affaiblissait, mais elle gardait le moral. J'étais le témoin ahuri de ce qui aurait pu m'arriver et cela me glaçait le sang. Un matin, elle m'a dit qu'elle craignait d'affronter seule son oncologue, la Dre Richard, qui souhaitait s'entretenir avec elle sur l'évolution de sa maladie. J'ai proposé de l'accompagner au rendez-vous.

Je suis entré dans le bureau de son médecin, où j'ai été stupéfait de constater que la Dre Richard était en fait Élodie, avec qui j'avais eu une aventure intense la nuit de mes cinquante ans, vingt-quatre heures avant d'obtenir mon diagnostic erroné. L'oncologue a souri en me reconnaissant, puis elle a détourné le regard pour éviter tout soupçon de malaise entre elle et nous. Nicole n'a rien remarqué.

La Dre Richard l'avait convoquée pour lui faire part d'une bonne nouvelle.

« Nicole, a-t-elle commencé, nous disposons d'un traitement expérimental de thérapie génique qui a connu en Europe des résultats encourageants. Vous êtes une candidate idéale pour entreprendre ce traitement. Les chances de réussite sont de vingt pour cent seulement, mais cela vaut le coup d'essayer. Il y a peu d'effets secondaires et, si tout va bien, vous verrez rapidement une amélioration de votre état de santé. Vous pourriez débuter dès demain, si vous acceptez, bien sûr. Qu'en pensez-vous ? »

Nicole était au bord des larmes, mais c'est la joie qui dominait son visage.

« Qu'est-ce que j'ai à perdre ? Rien, j'ai tout à gagner. Maintenant que je suis amoureuse, je tente le tout pour le tout. J'accepte, docteure Richard », a-t-elle affirmé d'un ton volontaire.

Juste avant que sa patiente quitte son cabinet, la médecin l'a fixée : « Nicole, vous êtes chanceuse d'être accompagnée dans ce que vous traversez », a-t-elle dit. Mon amoureuse a répondu par l'affirmative. J'ai remercié l'oncologue en lui souriant franchement.

Sous un soleil ardent, Nicole et moi avons roulé en décapotable sur des routes de campagne, le vent sur le visage, la voix de Céline jouant au volume maximal, et nous nous sommes aimés.

Mettre au monde

« Papa, papa, je suis à l'hôpital, les contractions ont commencé ! J'aimerais que tu viennes. J'ai besoin de ta présence. »

C'était la voix de ma fille chérie. Je me suis rendu à toute vitesse à son chevet.

Nous avons passé des heures à attendre l'arrivée d'Éva Gabrielle, une trentaine environ. Au moment où Jasmine a été sur le point d'accoucher, je les ai laissés dans leur intimité, elle et son mari.

Ce dernier était un jeune homme de bonne famille qui avait dû se faire convaincant pour que j'accepte qu'il fasse partie de la vie de ma fille. Il prenait bien soin d'elle, lui donnant des ailes pour qu'elle se réalise librement, car lui était un homme sérieux qui excellait dans la comptabilité. Ils s'étaient mariés l'été d'avant, devant une foule de trois cents personnes, une journée marquée par son lot d'extravagances. Ils avaient les moyens de leurs envies et de leurs ambitions.

Une heure plus tard, j'ai pris ma petite-fille dans mes bras, je me suis assis dans la chaise berçante, en jetant un coup d'œil sur Jasmine, qui somnolait, exténuée. Éva Gabrielle avait les yeux de ma mère, le nez et la bouche en cœur de la sienne.

Les derniers temps, Dieu m'avait comblé de grâces, j'en étais presque gêné. J'avais le devoir d'honorer ses bienfaits.

J'ai bercé ma petite-fille comme j'aurais aimé qu'on me berce, avec douceur et amour, le sourire aux lèvres, jusqu'au moment où quelqu'un a frappé doucement à la porte. J'étais loin de me douter de l'identité du visiteur, et mon visage s'est décomposé. La mère de ma fille était revenue sans crier gare. Une amie commune avait organisé son retour à mon insu. Judith n'en était pas à une surprise près.

Jasmine dormait. Comme je ne voulais pas parler à Judith devant elle, je me suis levé et je lui ai montré le visage de cet ange, Éva Gabrielle. Judith a été prise d'une émotion soudaine. Après avoir déposé le bébé dans son berceau près de sa mère, je lui ai demandé de me suivre à l'extérieur de la chambre. Elle n'avait pas changé physiquement, mais elle était plus hautaine que dans mon souvenir. C'était peut-être une impression liée à la colère qui m'habitait encore, presque vingt ans plus tard. Je ne l'avais pas revue depuis son départ précipité de la maison, elle n'avait communiqué ni avec moi, ni avec Jasmine. J'appréhendais la réaction de ma fille, je tentais de contenir la mienne.

En terminant mon café imbuvable, je pensais que les néons de la cafétéria où nous nous étions assis ne devaient pas m'avantager. En revanche, le temps n'avait pas eu d'emprise sur elle. Elle était fraîche comme une pivoine au printemps.

J'ai commencé à parler, en maîtrisant du mieux que je pouvais mes émotions pour ne pas attirer l'attention : « Judith, je suis désolé, mais on est à l'heure des comptes. Tu débarques dans nos vies comme si de rien n'était. Jasmine a réclamé sa mère toutes les nuits pendant deux ans. J'ai dû lui mentir pour apaiser ses craintes. Imagine-toi que notre fille se souvient dans les moindres détails du moment où tu nous as quittés ! Elle croyait que tu allais revenir un jour. Tu n'es jamais revenue. Ta présence lui a manqué. Que fais-tu ici, Judith ? Tu ne t'es jamais occupée de ta fille et, là, tu débarques à la naissance de ta petite-fille. Tu vas encore lui faire mal. Jasmine est forte maintenant, elle n'a pas besoin de toi, mais j'ai quand même peur que ta venue la rende vulnérable. J'ai élevé ma fille seul en travaillant fort pour qu'elle ne manque de rien, surtout pas de ma présence, même si j'étais à la télé tous les soirs. Je t'en veux, Judith. Je t'en veux. »

Je n'avais pas dormi depuis trente-six heures, j'étais exaspéré, et la présence inattendue de mon ex avait réveillé en moi quelque chose de douloureux que j'avais enfoui pour éviter de sombrer.

Judith n'a pas détourné son regard du mien. J'ai eu l'impression curieuse qu'elle tentait d'assumer ce qu'elle nous avait fait subir. Finalement, je l'ai laissée s'expliquer.

« Je n'ai pas eu le choix de partir. J'étouffais, Olivier, je n'étais plus heureuse. J'étais trop jeune pour être mère. J'ai toujours pensé que notre fille t'aimait plus que moi et que mon absence n'allait pas changer grand-chose dans vos vies. »

« Judith... Tu nous as abandonnés ! Je n'ai pas envie que tu reviennes chambouler nos existences. »

J'étais étonné de ma fermeté.

Judith s'est levée, penaude. Avant de s'en aller, elle a ajouté, avec un regard attristé en me tendant une carte : « Je comprends que tu puisses m'en vouloir, moi aussi je t'en aurais voulu si tu nous avais quittées comme je l'ai fait. Tiens, je te laisse quand même mes coordonnées. »

Je me suis demandé après coup si ma réaction n'avait pas été démesurée. Mais je voulais protéger ma fille de sa mère.

L'héritier

Elizabeth venait d'arriver à son hôtel. Toujours aussi spectaculaire dans sa manière de s'habiller, elle portait ses vêtements avec une aisance exceptionnelle. Elle avait perdu un peu de son exubérance mais pas sa classe. Tout Montréal était sous le charme d'Elizabeth Kathleen Gonzales, les gens se retournaient sur son passage. Elle était resplendissante. Nous étions heureux de nous retrouver après les soubresauts des dernières semaines. C'était mon tour de lui faire découvrir un grand restaurant, je voulais rendre hommage à ma sœur. J'avais prévu lui présenter Jasmine, Nicole, ma mère, Mariette et ma tante Agathe le lendemain. Mais pour l'heure, nous nous dirigions vers le restaurant.

Elle a constaté avec fascination à quel point les gens me reconnaissaient et étaient pleins d'égards à mon endroit. Amusé, je lui ai répondu : « On ne se lève pas le matin en se regardant dans la glace et en se disant qu'on est une personnalité. C'est quand on sort de chez soi qu'on se rappelle qui on est. Il y a comme un petit moment d'adaptation. »

À la fin du repas, Elizabeth a appelé sa mère, qui était au manoir, car elles voulaient m'annoncer ensemble quelque chose d'important. J'ai été pris d'une légère anxiété.

« Ma mère et moi, a-t-elle commencé, nous voudrions que tu deviennes héritier de notre père. Le tiers de sa succession te revient, c'est ce qu'il aurait souhaité. On aimerait que tu viennes vivre à New York et que tu diriges avec moi les sociétés. Mama ne veut plus se mêler aux affaires, elle veut profiter du temps qu'il lui reste pour contempler son jardin, regarder pousser la vie et lire le plus possible de livres. Je t'en prie, accepte notre proposition, Olivier, accepte-nous comme ta famille. »

J'ai commandé au serveur une coupe de bulles bien fines pour Elizabeth. Sofia attendait toujours ma réponse. Sa fille lui a demandé de patienter en me fixant du regard. J'ai levé mon verre : « À nous ! » ai-je dit.

L'espérance

Le traitement qu'a subi Nicole a donné les résultats escomptés.

« Votre corps a bien réagi jusqu'ici au protocole expérimental. La masse cancéreuse a diminué de beaucoup, nous allons pouvoir vous opérer et l'extraire. Les métastases ont presque toutes disparu. Cela veut dire, Nicole, que la situation s'est bien améliorée, mais tout n'est pas gagné. Je suis heureuse pour vous, pour vous aussi, monsieur Dubreuil. Il va vous rester deux traitements, suivis d'une opération, puis la radiothérapie, une vingtaine de rendez-vous échelonnés sur plusieurs semaines. On espère que vous continuerez sur cette bonne voie. Je voulais vous remercier, Nicole, de m'avoir fait confiance quand je vous ai suggéré ce protocole. »

La Dre Richard a prononcé ces mots encourageants dans son bureau illuminé par un soleil radieux. Je me suis demandé si le Dr Blondeau m'aurait suggéré ce traitement expérimental.

Dans un élan spontané, le cœur joyeux, je me suis levé pour embrasser Élodie, je voulais la remercier de ces bonnes nouvelles. Je lui ai fait une chaleureuse accolade qui ne s'est pas éternisée.

Nicole et moi sommes sortis de l'hôpital main dans la main, soudés. L'amour que j'éprouvais pour elle était de plus en plus fort. Je m'étais donné la permission d'aimer, de l'aimer, à partir du moment où Éva m'avait dit qu'elle m'aimait sans se rappeler qui j'étais.

Jamais plus

La rentrée télévisuelle s'était faite au début de l'automne, sans moi. Pour la première fois en vingt ans, je ne me suis pas présenté à cet incontournable rendez-vous, le torse bombé de fierté. C'était étrange de ne pas y être, j'en ai eu un léger pincement au cœur.

Le monde de la télévision a horreur du vide. On m'avait déjà remplacé par un plus jeune, un plus drôle et un plus ambitieux, après avoir affirmé que j'étais irremplaçable. Plus tôt, on m'avait offert des conditions que je ne pouvais refuser tant elles étaient démesurées. Mais à ce moment-là, j'allais mourir, je ne pouvais pas signer. Et après avoir tout quitté, je n'avais pas envie de revenir en arrière. Ma décision était irrévocable, sans appel, comme l'avait été le verdict. Je croyais que cette rencontre quotidienne avec le public allait me manquer, mais non, étrangement.

Je m'habituais à cette nouvelle réalité avec un plaisir qui m'étonnait moi-même. Je m'étais rendu là sans avoir dit à personne, à l'exception de Nicole, que j'avais reçu et porté un diagnostic sans appel.

J'avais pris la décision de partir vivre à mi-temps à New York, histoire d'apprendre à travailler aux côtés de ma sœur. Nicole avait accepté le programme de mes allers-retours, car elle devait poursuivre son combat, dont elle n'avait remporté que les deux premiers rounds. Je gardais espoir quant à sa rémission complète.

L'hiver approchait. J'étais amoureux. J'aimais ma nouvelle vie. J'étais reconnaissant de l'avoir et de la partager avec Nicole. Je m'apprêtais à la vivre loin de la métropole, loin de cette fabuleuse pression qui donne le sentiment d'exister et de cette lumière qui aveugle au point de nous faire oublier qui nous sommes réellement.

Finalement, je n'ai pas accepté l'argent de la succession bien que j'aie hésité avant de me décider. La tentation était grande, mais il m'est apparu clair que je ne devais pas hériter de quelque chose à quoi je n'avais pas contribué. Alors que je me sentais honoré et ému par la grande marque de générosité et de confiance à mon égard, cette fortune serait venue changer ce que j'avais appris de la vie ces dernières semaines. Il n'en était pas question.

Hier, on m'a arrêté dans la rue pour me demander : « Qu'est-ce que vous devenez ? », alors que cela fait seulement quelques mois que je ne suis plus dans l'œil du public. Et à l'ultime question : « Allez-vous revenir ? », j'ai répondu sans même y réfléchir.

Jamais plus.

Le monde dans tous ses états

Oscar Wilde disait : « Les questions ne sont jamais indiscrètes. Mais parfois les réponses le sont. » Si je pose encore des questions aujourd'hui, c'est à moi-même que je le fais, dont celle-ci : comment se fait-il qu'il nous faille une date d'échéance, aux allures de drame, pour vivre notre vie pleinement ? Comme il se doit.

Je n'ai pas encore trouvé de réponse satisfaisante, mais des réflexions me portent à croire que je suis sur la voie d'une guérison intérieure. On a tous devant nous un très long chemin pour soigner nos âmes.

Voici ce que je crois avoir compris de la vie.

Lorsqu'on prend le temps de s'arrêter, qu'on lève les yeux et qu'on regarde tout autour, on le constate immédiatement : notre monde est une mosaïque où se multiplient contradictions et similitudes. Ce monde peut être beau, inspirant, comme il peut nous faire réagir et soulever en nous des questionnements ; il peut nous faire rire, nous étonner, nous émouvoir. Chaque individu doit tenter de s'y tailler une place avec sa propre histoire, d'y accomplir son destin. Ce qui fera sa richesse.

Il arrive qu'on soit bouleversé par ce qu'on vit, par ce que vivent les autres et par ce qui se passe sur la planète. Parfois, quand son univers s'écroule sous le poids des épreuves, l'humain tente de toutes ses forces de se dresser tel un chevalier devant l'adversité et d'en émerger sans trop de dommages. Quelquefois, étonnamment, il a l'impression d'en sortir victorieux.

À l'occasion, il doit s'élever au-dessus des événements, prendre de l'altitude, pour y jeter un meilleur regard, pour avoir une vue d'ensemble, histoire de comprendre ce qui se déroule en bas.

Quand j'observe le monde, je le vois à l'envers. Il doit pourtant exister une façon de le regarder sous un autre angle pour trouver son sens. J'essaie, mais je n'y arrive pas, pas du premier coup, car mon regard passe dans mon propre prisme, dont les faces sont teintées par la vie que j'ai vécue. Une vie faite de victoires et d'échecs, d'illusions et de déconvenues, de beautés et de laideurs, mais surtout d'une grande soif d'apprendre et de vivre. Pour mieux voir ce monde qui m'entoure, je dois changer les couleurs de mon prisme afin d'éviter d'en changer les contours, et ainsi de le déformer. Mais d'ici à ce que j'y parvienne, il y aura souffrance et incertitude.

Il faut se taire pour entendre le silence. Entendre la vie qui vit, sans se poser de questions ni appréhender ce qui vient en imaginant mille et un scénarios, souvent pessimistes.

Pour résoudre l'énigme, pour pouvoir avancer, je dois m'arrêter, observer de près ce qui arrive comme s'il s'agissait d'un film dans lequel je ne tiens aucun rôle. Sans perdre de vue que tout passe et que tout sert, que rien ne se perd et que rien ne se crée.

Et quand apparaît une brèche, elle laisse entrer la vie, la possibilité d'un changement. Cette possibilité se faufile en nous, nous permettant de grandir en plein chaos.

Alors, chaque vie a son histoire. Chaque histoire a ses vies. Faite de petits riens, de quelques pleurs et de grandes joies.

Dans tout bonheur, si infime soit-il, se trouve la responsabilité de le reconnaître et de le vivre sans réserve. Chaque don nous invite à l'honorer et à le faire fructifier. Toute épreuve nous envoie une leçon. Nous avons l'obligation de bien la comprendre, d'en déchiffrer le message et de suivre son apprentissage. D'éviter, en fait, qu'une autre épreuve se présente et exige qu'on réapprenne la même leçon.

Dans cette existence, tout nous est prêté, les choses et les humains que l'on chérit. Nous ne sommes que des locataires. À nous de nous le rappeler aussi souvent que possible afin d'éviter de tenir tout pour acquis.

Et la mort rôde autour de la vie, jusqu'au jour où elle frappe à notre porte pour nous emmener, sans que nous puissions la contredire. Nous laissons tout en plan, quelqu'un d'autre veillera à la suite.

Avant, il faut vivre. Intensément.

Remerciements

À mon grand amour, Véronique, merci d'être la première lectrice de mes écrits. Ta voix donne de la musicalité à mes mots quand tu les lis à haute voix... et je t'aime encore et encore.

À mes enfants, Antoine et Yasmeena, je vous dis merci d'être dans ma vie, je vous aime tellement, vous êtes si indispensables à mon équilibre et à mon bonheur.

À mes amis les plus intimes, vous allez vous reconnaître, sachez que je vous aime, que je vous apprécie pour ce que vous êtes, et que je vous suis reconnaissant pour tant de choses et bien d'autres.

À toi, ma sœur Line, où que tu sois dans cet autre monde, ici-bas je t'aime jusqu'à l'infini. Et j'espère que mon amour se rendra jusqu'à toi. Il n'y a pas une journée qui passe sans que je pense à toi.

Aux disparus de ma vie, mémère Dubé, ma mère, Diane Cinq-Mars, Michèle Carignan, Johanne Corneau, Guy Corneau, Cécile Landry, Colette Plante, Claude Gagné, Claude Léveillée, Louisette et Panama, vous êtes pour toujours dans mon cœur.

À toi, Miléna, tu as été beaucoup plus qu'une éditrice, tu as été une lectrice à qui j'ai osé tout montrer dès le départ parce que je me suis senti en confiance et respecté. Ta bienveillance m'a enveloppé. Tu m'as fait redécouvrir le bonheur d'écrire sans douleur. Même quand je serai vieux, très vieux, je vais encore le faire et c'est grâce à toi.

À toi, Johanne Guay, grande patronne de Groupe Librex, qui n'es jamais très loin de moi depuis maintenant quinze ans, depuis mes premiers pas dans le monde de la littérature, merci d'être là. Merci de toujours trouver les mots justes pour me donner envie d'entreprendre un nouveau projet d'écriture. Merci surtout d'être aussi respectueuse, humaine et profondément investie dans ce que tu accomplis, ce qui fait en sorte que je te dis oui avec bonheur.

Merci, docteur Jean-François Chicoine, pour tes éclairages médicaux indispensables.

Merci à mon club de lecteurs: Michel Bélanger, Brigitte Couture, Sonia Provençal, André Dupuy, Pierrette Savard, Stephan Beaudoin, Ricardo Larrivée, Shantal Bourdelais et Nicole Bordeleau. Vos commentaires ont été plus que précieux et je vous en suis reconnaissant.

Merci, Marike Paradis, d'avoir mis ton grand talent artistique au service de l'habillage de l'histoire.

Nous ne sommes rien sans les autres. Je vous remercie tous et toutes d'avoir contribué à cette œuvre à votre manière.

Restez à l'affût des titres à paraître chez Libre Expression en suivant Groupe Librex : facebook.com/groupelibrex

libreexpression.com

Cet ouvrage a été composé en Granville 11,25/15,5 et achevé d'imprimer en septembre 2020 sur les presses de Marquis imprimeur, Québec, Canada.

Imprimé sur du papier 100% postconsommation, fabriqué avec un procédé sans chlore et à partir d'énergie biogaz.